[加] 艾伦·布拉德利 著
侯雁慧 译

馅饼的秘密

The Sweetness at the Bottom of the Pie

(下)

哈尔滨出版社
HARBIN PUBLISHING HOUSE

15

起先爸爸说得异常缓慢而犹疑——好像一辆生了锈的火车在铁轨上一顿一挫地艰难行驶着一样。但没过多久，爸爸的语速就平稳了下来，说得也顺畅多了。

“我父亲很不好相处，”爸爸说道，“我十一岁时，就被送进了寄宿学校。从那以后，我就很少能见到他。你说我们这种父子关系是不是挺奇怪的：我还以为他对什么都不感兴趣呢，后来，在他的葬礼上，我听到一个抬棺材的人说他喜欢吊坠。我不知道吊坠是什么东西，回家后马上找字典查了一下。”

“吊坠是种日式的象牙小挂件，”我忙接过话来，“奥斯汀·弗里曼[①]在《桑代克医生》系列小说里提到过。”

---

① 奥斯汀·弗里曼：R. Austin Freeman，1862—1943，英国侦探小说家，以桑代克系列侦探小说闻名于世。生于伦敦，于1887年获得医学学位。1891年开始创作侦探小说，将医学知识大量运用到作品中。

爸爸没有理会我，继续说道："虽说格雷敏斯特中学离巴克肖只有区区几英里[①]远，不过在当时那个年代，却像月球一样遥不可及。我们还算幸运，因为校长凯尔西博士是个大好人，他认为男孩子们只要能学好拉丁语、橄榄球、曲棍球和历史就行了，别的就不要太勉强我们了。所以总的来说，我们在学校的日子过得还不错。

"和大多数孩子一样，刚开始我不太合群，所以不是在看书，就是背地里独自落泪。当然啦，那个时候我总是觉得自己一定是这世上最悲惨的孩子。父亲那么无情地抛弃了我，一定是因为我天生就有可怕的问题。所以我一直固执地以为，只要我能找出这些问题，就能对症下药，让爸爸回心转意。

"到了晚上，回到宿舍，我就会把头蒙在被里，打开手电筒，对着偷来的剃须镜仔细端详自己的脸。不过怎么看也没找到什么特别不对劲儿的地方。毕竟那个时候我还是个小孩子，压根儿也不知道该怎么处理这种事情。

"不过随着时间的推移，我发现自己逐渐适应了学校的生活。历史是我的强项，不过一提到欧几里得[②]，我就一塌糊涂，简直是不可救药。综合起来，我正好处在不上不下的位置，既不会因为出类拔萃遭人忌妒，又不会因为太笨而被人耻笑。

---

① 1 英里 =1 609.344 米。

② 欧几里得：约公元前 3 世纪的古希腊数学家。此处暗指数学。

“我渐渐发现平凡是最好的伪装，就像被涂了一层保护色似的。老师通常会疏于管教这种不上不下的孩子，他们既不指望你为他们添光加彩，也不会担心你捅出什么娄子来，所以也就对你没有什么过高的要求。这个简单的道理是我有生以来的第一个重大发现。

“估计是在入学后的第四个学期吧，我才逐渐对周遭的事物产生兴趣。男孩子到了这个年纪，都着迷于神秘的事物，乐此不疲地去探索其中的奥秘。当然，我也不例外。所以当舍监特文宁先生建议我们成立魔术趣味活动小组的时候，我一下子就着了迷。

“特文宁先生的魔术算不上纯熟，不过他却很热衷于这一活动。我得承认，虽说他的表演显得有些笨拙，但丝毫也没影响到他的表演兴致，所以我们这些淘小子从来都不会吝惜自己的掌声。

“每到晚上，特文宁先生就会教我们变魔术。他教会了我们如何用手绢和几张彩色吸水纸做道具把酒变成水，也教会了我们如何让一张放在玻璃杯里的纸币在众目睽睽之下不翼而飞。最重要的是，我们从他那里学会了变魔术时插科打诨的重要性，知道了魔术不是单纯的技法表演，更是一种综合技能的表现。他还教过我们怎么洗牌才能让红桃A 永远在牌堆的最下方。

“当然了，特文宁先生很受孩子们的欢迎，也许用‘喜爱’更贴切些吧。不过那个时候，可没有几个人能洞悉自己对特文宁先生的这种情感。

“不过，他的努力最终还是得到了认可。有一次，校长凯尔西博士让他在家长日那天举行一场魔术表演，好增加点喜庆气氛。特文宁先生为此倾注了全部精力。

“因为我表演‘借尸还魂’的纯熟技巧，特文宁先生坚持让我演这个节目作为压轴戏。这个魔术需要两个表演者，所以特文宁先生让我自己选择一个助手，于是我就认识了博恩佩尼·贺瑞斯。

“贺瑞斯是从圣科斯伯特学院转到我们学校来的。据说那个学校有人丢了点钱，怀疑是贺瑞斯偷去的——估计也就是几英镑吧，不过对于学生来说也是一大笔财富了。我承认，我挺为他难过的，觉得他肯定是被误会了。他还把自己的秘密告诉了我，说他父亲非常残暴，这更让我坚信他没有偷钱。弗拉维亚，这些内容可能对你来说太粗俗了。”

“不会的，才没有呢，”我把椅子朝床边拖了拖，“爸爸您继续说吧。”

“那个时候，贺瑞斯就牛高马大的，一头浓密的红头发。他的胳膊很长，手腕露在校服袖口外面，就像干树枝一样，一点肉也没有。男孩子们总是毫不留情地嘲笑他的外表，都叫他‘瘦猴’。

“更糟糕的是，他的手指就像章鱼的触角一样又长又细又白，身上苍白的皮肤和满头红发形成了鲜明的对比。大家私下里都说要是被他碰着就会中毒的。当然了，他正好可以借此机会虚张声势一下。每当男孩子们围在他身边起哄嘲笑他时，他就会像章鱼那样伸出手假装去抓他们，不过通常都不会碰着对方。

“有天晚上，经过一番打打闹闹后，贺瑞斯坐在围墙两侧的阶梯上休息，大口地喘着粗气。一个名叫波茨的小男孩儿踮着脚尖偷偷地溜到了贺瑞斯身旁，扇了他一耳光。刚开始不过是闹着玩儿而已，不过别的男孩子马上跟风似的，事情的性质就完全变了。

“看见大怪物博恩佩尼一脸恐惧地站在那里，流着鼻血，男孩子们马上围了过去，一拥而上，‘瘦猴’马上就被打倒在地了。他们拳打脚踢，一点也不留情。此时我恰巧经过这里。

“‘快住手！’我铆足力气大声喊道，没想到混战马上就停止了。男孩儿们原本厮打成了一团，一听到我的喊声，一个接一个挣脱了出来。我的声音里一定是有什么东西，能让他们顺服。或许是因为他们看过我的魔术，觉得我有某种超能量吧。具体是什么原因我也说不清楚。我让他们回学校，他们立马就像狼群一样隐没在了夜色中。

“‘你没事吧？’我一边问，一边扶‘瘦猴’站了起来。

“‘有点软乎，也就一两处吧——和康福斯牛肉差不多。’博恩佩尼打趣道。他这么一说，我俩反倒都笑了。康福斯是辛利一家名声不太好的肉铺，自拿破仑战争[①]结束

① 拿破仑战争：1799—1815 年，拿破仑统治法国期间爆发的各场战事，这些战斗可说是自 1789 年法国大革命所引发的战争的延续。

后，就开始为格雷敏斯特中学提供礼拜日的烤牛肉大餐了。不过他们的牛肉又硬又老，根本就嚼不动。

“从那天开始，‘瘦猴’就和我形影不离。他和我一样热情高涨，完全变成了另外一个人。实际上，有时我会产生一种错觉，会以为他变成了我，以为站在我面前的这个人就是每天夜晚我在镜子中苦苦寻求的自己。

“我知道，我们简直就是绝配。因为一个人不会做的事情，另一个人总是能轻而易举地完成。‘瘦猴’天生数学能力超群，很快就帮我揭开了几何和三角学的神秘面纱，使数学充满了无限趣味。我们废寝忘食地研究怎么自制巨型蒸汽式杠杆，使它掀翻教学楼上的钟塔。还有一次我们运用三角学原理计算怎么让几条隧道同时坍塌，使整个学校和全体师生顷刻间陷入无底深渊中。我们商量着可以准备些马蜂、蜜蜂，还有蛆虫，放在陷阱中，想必那个时候场面一定相当热闹。”

马蜂、蜜蜂还有蛆虫？这些词竟会从爸爸的嘴里说出来？我听得更来劲儿了，心里还隐隐多了一份对爸爸的崇拜感。

“至于怎么会变成这样，”爸爸继续说道，“我们还真是没有仔细想过。不过后来，在贺瑞斯的循循善诱下，我逐渐爱上了欧几里得和他的几何世界，而‘瘦猴’却成了真正的魔术师。

“当然这要归功于他的手指。那又长又白的手指头仿佛拥有自己的生命，‘瘦猴’很快掌握了变戏法的秘诀。不同的物体在他的指尖上飞快地出现和消失，娴熟的手法甚至让我这样一个了解底细的人都不敢相信自己的眼睛。

“随着技法的逐渐纯熟，他也越来越自信了。自从拥有了那双魔幻之手后，他完全变成了另外一个人，自信、温和，有时甚至有些傲慢。与此同时，他的声音也起了变化。昨天他还是个声音沙哑的小男孩儿，今天他的声音——至少在表演的时候——却突然变得优雅而稳重：这种令人着迷的专业音质能使所有的听众为之动容。

“‘借尸还魂’的原理是这样的：首先，我得穿上一件从教堂义卖会上购买的宽大丝绸官服——官服的颜色是鲜红色的，上面绣着龙和一些神秘的标志——在脸上抹满黄色的粉笔灰，在头上套个小橡皮圈把眼角吊起来。另外，我还从康福斯弄来了肠衣，做成长长的弯曲的指甲套在了手指上，以增添一丝鬼魅的色彩。再有几个燃烧的软木塞、几根惟妙惟肖的小胡子和一头让人毛骨悚然的夸张假发，我就可以粉墨登场了。

“我会在观众中寻找一个志愿者——当然那就是个托儿，预先都排练好了——把他带上舞台，用一种滑稽的官腔向他解释：我要杀了他，送他去见老祖宗。这种直白的宣言通常会引得观众一片惊呼。趁着他们惊魂未定，我会从袖子里掏出手枪，对准同伴的心脏叩响扳机。

“发令枪在室内往往会造成一种恐怖的效果，随着砰的一声巨响,被击中的物体会爆炸开来。我的助手中弹后,会马上捂住胸口,用手挤压藏在那里的一块满是番茄酱的纸,红色的番茄酱就会从他的指缝里渗出,场面极其可怕。接着,他会低头看着胸口,目瞪口呆,装出一副难以置信的模样。

"'杰克,救救我!'我的助手会大声尖叫,'出差错了!我真的被你击中了!'然后扑通一声向后倒在地上。

"看到这个,观众会异常震惊,挺直腰杆注视着舞台,有的甚至会站起来,还有一小部分人会掉眼泪。这时,我会举起一只手让他们安静下来。

"'安静!'我会用可怕的眼神盯着台下的观众,竖起手指发出'嘘'声,'往生者需要安静'。

"观众席中也许会有几声略带紧张的窃笑,不过通常情况下大家都会屏气凝神紧密关注事态的发展。这时我会从舞台隐蔽处拿出一张叠好的床单,盖在已经死亡的助手身上,只留出那张仰着的面孔。

"这张床单事先被动过手脚,它可是个非比寻常的东西。我把两根细长的木销缝进了两个与床单等长的狭窄口袋里,床单被纵向分成三个部分。当然,床单叠着的时候,是看不到那两个口袋的。

"我蹲下身子,用官服做掩护,把助手的鞋偷偷脱下来(这个很容易办到,因为在被从观众席里挑出来前,他已经悄悄地把鞋带松开了),鞋尖朝上挂在木销上。

"这双鞋事先也经过了特殊处理,每个鞋跟都被钻了一个洞，插上了一个大头针，大头针锋利的一头正好钉在木销上。这种做法的效果非常显著：地上躺着一具目瞪口呆的骇人尸首，他的头从蒙好的床单里伸出来，鞋子却出现在了床单的另一头。

“如果顺利的话，尸体胸口上涌出的红色污渍会从床单上渗出来；即使没有达到预期效果，我还可以用袖口里早已备好的番茄酱抹上一些。

“接下来就是见证奇迹的时刻了。我会让灯光暗下来（我装神弄鬼地说，‘往生者在黑暗里才能复活！’），并在昏暗中点燃几张镁光纸。这样做可以短时间内弄花观众的眼睛，使助手得以在我整理床单的时候，利用这个短暂的间歇弓起背蹲在地上。这时鞋自然还在床单的一头，看上去他好像还是平躺在地面上一样。

“然后我开始耍弄那些东方巫术，挥着手，从死亡之地把助手唤回来。当我快速念着咒语的时候，我的助手会慢慢从蹲坐的姿势直立起来，肩上扛着突出的木销，鞋子仍然留在床单的一头。

“观众看到的自然是一具被床单覆盖的直立僵尸。由于光线的原因，死者的身体仿佛飘浮在离地五英尺的半空之中。

“然后我会祈求祖先把他送回到芸芸众生之中。这时，我通常会做些复杂奇妙的手势来吸引观众的注意力，同时点燃最后一张镁光纸，我的助手会趁此机会甩开床单，纵身一跃，跳到舞台的中央。

“床单和钉在上面的鞋以及缝在床单上的木销会被丢在舞台的阴暗角落里，我们只需要在雷鸣般的掌声中鞠躬致谢就可以了。我的助手事先会穿上一双黑袜子，所以观众们自然不会注意到他的鞋没了。

“这就是我准备在家长日那天上台表演的‘借尸还魂’的大致过程。我和‘瘦猴’带着装备溜进洗衣房，我想就魔术的细节部分对他加以训练。

“不过我马上就意识到了‘瘦猴’不是个理想的托儿。虽然他兴致十足，但个头实在是太大了，我准备的那张床单根本无法把他的头和脚完全遮盖起来。再准备一张新的床单已经来不及了。虽然‘瘦猴’的手异常轻巧，身体和四肢却还像未长大的孩子那般笨拙。在半空中飘浮的时候，他那两条修长的腿就开始打起战来。我们刚开始排练，他就四脚朝天摔了下来，把床单、鞋和其他道具都暴露了出来。

“我当时真不知道该怎么办好。如果我另选助手的话，‘瘦猴’就会一蹶不振；但我又实在不敢指望他在演出前的短短几天内能把自己的角色练纯熟。就这样，我陷入了进退两难的尴尬境地。

“亏得‘瘦猴’想出了最终的解决办法。

“‘我们何不互换一下角色呢？’一次排练失败后，他建议道，‘不妨试试让我穿上官服扮演魔术师，你来充当飘浮者的角色吧。’

“我得承认这个主意棒极了。要是在他的脸上涂上黄色粉笔灰，两只细长瘦弱的手从红色的官服袖子里伸出来（再加上用肠衣做的三英寸长指甲，恐怖效果就更可想而知了），‘瘦猴’只要一出场，肯定就会受到全场瞩目的。

“‘瘦猴’的模仿能力很强，操练那种嘶哑、高亢的中国古代官话根本不在话下。他巧言辞令的本事也比我强。竹节虫般纤细修长的手指在空中挥舞，会给全场观众留下难以磨灭的印象。

“那次演出非常成功。‘瘦猴’的表演让全校师生和受邀而来的家长们永生难忘。他的表情有时充满着浓郁的异国风情，有时又异常邪恶恐怖。他把我从观众席中挑出来做助手的时候，连我都被舞台脚灯中的那个正在招手的恶煞吓了一跳。

“他开枪击中了我的胸膛，全场顿时乱成一团！我预先在番茄酱里掺了水，并加了热，因此鲜血涌出的场景特别恐怖逼真。

“其中一位家长——吉丁斯·迈纳的爸爸——被特文宁先生拉住了。特文宁先生早就料到其中一些容易上当的观众会冲上舞台。

“‘先生，镇定些，’特文宁贴着吉丁斯先生的耳朵低声说道，‘这只不过是幻觉，孩子们已经排练过很多次了。’

“吉丁斯先生不大情愿地被送回到了自己的座位上，脸仍然烧得通红。虽然有了这段小插曲，但演出后他还是很绅士地走上台来，紧紧地握住了我们的手。

"有了死亡流血这幕令人称奇的前戏,我之后的复活飘浮反倒变得无足轻重起来。虽然表演结束以后的掌声经久不息,但那只是善良的观众在确信我这个倒霉的志愿者没死之后的心理释放罢了。最后,我们一共谢了七次幕,不过我清楚得很,其中至少有六次是因为我的搭档'瘦猴'。

"'瘦猴'受到了观众们的一致追捧。演出结束后一小时,那些对他钦佩有加的父母还在和他握着手,或轻拍他的后背,好像只要能碰他一下就行。当我拨开众人,把胳膊搭在'瘦猴'的肩膀上时,他却露出了一副奇怪的表情:那转瞬即逝的表情给我的感觉是他好像以前从没见过我一样。

"在接下来的日子里,我发现了'瘦猴'的明显变化。他一改以往胆怯的面貌,成了信心十足的魔术师,对我说话的方式变了,行为也不友好起来,我完全成了他的小跟班。

"可以这么说吧,他很快就弃我而去——至少在我看来是那么回事。我经常看见他和一个比我们大些的男孩儿鲍勃·斯坦利混在一起。我一向不太喜欢斯坦利这个人。斯坦利脸庞瘦削,有着摄影师喜欢但生活中却很少见的方下巴。像以前和我在一起一样,'瘦猴'像吸墨水纸吸收墨水一样从斯坦利身上汲取着养分,很快就学会了斯坦利的一些品质。据我所知,差不多从那个时候开始,'瘦猴'学会了吸烟,我估计酗酒的恶习也是那个时候染上的。

"忽然有那么一天,我有些吃惊地意识到自己不喜欢'瘦猴'了。'瘦猴'身上的某些特质已经改变,或者说一去不复返了。有时在教室里我会看到他用一种老气横秋的眼神看着我，然后又变得冷酷起来。我有种感觉，仿佛什么东西在不知不觉中离自己渐渐远去了。

“但更糟糕的还在后头。”

爸爸突然沉默了下来。我等着他继续自己的故事，他却若有所思地望着窗外的大雨。我想，这个时候还是不要打扰爸爸，就保持安静，让他独自思考那些陈年往事，管它是什么呢。

但我知道，正是由于博恩佩尼·贺瑞斯的存在，我和爸爸之间的关系发生了明显的变化。

我和爸爸被关在一个简朴的小房间里，这还是我平生第一次得以和爸爸面对面交谈呢。我们像成年人一样交流着，彼此的身份对等，恢复了那种正常的父女关系。虽然我不知道该说些什么好，但内心里希望永远停留在这一刻。

我想抱住爸爸，但我做不到。有时我会意识到德卢斯家族的血统里有种东西，能够抑制性情外露，阻止爱意表达。这是我们血液里根深蒂固的本性。

所以，我和爸爸就像两个参加教区茶会的老妇人一样，就这样拘谨地面对面一直坐着。这一刻无论对我，还是对爸爸来讲都不轻松，但一生中难免会有这样的时光，我们也只能去面对。

16

一道闪电照亮了屋里的所有东西，随之而来的是震耳欲聋的雷声。我和爸爸都不由得向后缩了缩身子。

“雷正好打在了我们的头顶上。”爸爸说道。

我对爸爸点了点头，示意他还有我在身边呢，并环顾了一下四周。这是一个明亮的小房间——顶上吊着裸露的灯泡，外面装着铁门，还有一张小床。大雨中的小屋看起来好像《我们在黎明下潜》中的潜艇控制室一样。我把轰隆隆的雷声想象成在我们头顶上爆炸的深水炸弹，突然不那么为爸爸担忧了。至少此时此刻的我和爸爸，我们两个人是坚不可摧的同盟。我倒宁愿相信只要我们都保持不动，我保持沉默，世界上就没有任何东西能伤害我们。

爸爸好像刚才不曾停顿过一样，又继续讲了下去。

“我和‘瘦猴’成了名副其实的陌生人，”他说道，“虽然我们都还是特文宁先生魔术趣味活动小组的一员，但兴趣截然不同。我热衷于大舞台戏法，就是‘锯割美女’和‘笼鸟消失’之类的东西。当然，排练这些节目的经费远远超过了我的个人预算。不过随着时间的推移，我逐渐掌握了通过阅读书籍来实现魔术的技巧。

“‘瘦猴’则迷上了那种手法灵巧的魔术：就是那种几乎不需要什么道具，就能在观众眼皮子底下完成的令人难以置信的巧妙戏法。他可以使镀镍的闹钟在一只手上消失，然后又在另一只手上出现，让你眼睁睁地看不出破绽。不过他从来没有告诉过我是怎么做到的。

“大约就是那个时候，特文宁先生决定成立集邮协会，这是他的另一大爱好。他认为通过收集世界各地的邮票并进行分类整理，可以让我们巩固历史和地理方面的知识，并能增强我们的条理性。除此之外，定期举行的激烈辩论赛还能让那些羞涩的小男生信心满满。他本人是个热心的集邮者，因此觉得我们这些男孩子也应该热衷于集邮才对。

“至少在我看来，他的私人邮票收藏可以称得上是‘世界第八大奇迹’了。他只收藏英国邮票，专门研究油墨的色调变化。他有种不可思议的能力，能够通过印墨的色调变化推定某枚邮票是在哪一天印制的，有时甚至能精确到小时。通过对比雕刻印盘所受压力和磨损造成的尺孔度数的微小变化，他还能道出更多不为人知的秘密。

“他的集邮簿绝对是惊世佳作。那五彩斑斓的颜色和井然有序的分类都让我们叹为观止，每一页都绽放着绚丽的色彩。

“集邮簿的前面放的自然是1840年发行的黑便士邮票。不过后面的色调逐渐变暖，由黑色变成棕色，由棕色变成红色、橙色，再转成胭脂红色，其间又从靛蓝色转为淡红色——绚烂的色彩让人心潮澎湃！看过这样的邮集，你会感觉人生是多么精彩！”

我以前从来没有见过爸爸如此动情过。时光逆转，他一改以往的严肃面貌，好像突然变回了那个小男孩儿，容光焕发，露出了兴奋的表情。

不过我却纳闷儿了起来：为什么我以前没有听说这些事？难道这是仙境中小矮人讲给艾丽思听的童话故事吗？

我默默地坐在那里，想搞明白爸爸的脑子里到底在想些什么。

“尽管如此，”爸爸继续说道，“格雷敏斯特中学最珍贵的邮票却不在特文宁先生的手上，而是属于校长凯尔西博士的。虽然凯尔西博士搜集的邮票远不如特文宁先生的那么丰富，但每一枚都堪称珍宝，甚至是无价之宝。

“作为公立学校的校长，凯尔西博士并不像人们想象的那样出生在有钱或特权家庭。他一生下来就父母双亡，由祖父抚养长大。他的祖父是伦敦东区铸钟场的工人。当年，伦敦东区可是贫民聚集的区域，生活条件艰苦，罪案频发，孩子根本得不到应有的教育。

“凯尔西博士的祖父四十八岁时，在一次可怕的金属液溢流事故中失去了右臂，铸钟场的工作也干不了了，只能沿街乞讨。他带着孙子在这种困境中熬了整整三个年头。

“在凯尔西祖父失去右臂的五年之前，也就是 1840 年，珀金斯·培根·珀斯印刷厂被财政部委任为英国邮票的独家承印商。

“邮票的印刷很快就繁盛了起来。在最初的十二年中，珀金斯·培根·珀斯印刷厂就印刷了近二十亿枚邮票，不过其中绝大多数都被丢弃在世界各地的垃圾桶里了。就连查尔斯·狄更斯都在他的作品中提到了邮票的大量印刷。

“令人高兴的是，凯尔西先生的祖父最终正是在舰队街[①]的这家印刷厂里找到了一份清洁工的工作。他左手使用笤帚的功夫要比大多数双手健全的人都好。因为具有顺从、守时和可靠的诸多优点，他很快就成了印刷厂最具价值的员工之一。实际上，凯尔西博士本人亲口对我说过，印刷厂的合伙人老约舒亚·巴特斯·培根因为他祖父以前所从事的职业，总是尊称他祖父为‘定海神针’。

“凯尔西博士小时候，他祖父经常把因印错而废弃的邮票带回家，所以那些邮票就成了他童年时的唯一玩物。凯尔西先生称那些邮票为‘漂亮的小纸片’，他经常会整天沉浸其中，根据色度差异将其排列成不同的组合。那些色泽

① 舰队街：英国伦敦市内一条著名的街道，依邻近的舰队河而命名。

的变化很微弱,肉眼几乎很难察觉出来。凯尔西博士说,他得到的最珍贵的礼物是一面放大镜,那是他祖父把他曾祖母的结婚戒指典当了一先令后,从街头摊贩手里买来的。

“凯尔西博士在每天上下学的路上,都会尽量多去一些商铺和办公楼,希望能揽上扫街或清理办公室的活,只是为了能得到扔在废纸篓里的那些贴着邮票的旧信封。

“凯尔西博士的邮票收藏之所以连皇族都艳羡不已,那些‘漂亮的小纸片’自然功不可没。他被提拔为格雷敏斯特中学的校长以后,还珍藏着祖父送的那面小放大镜呢。

“‘简单的快乐是世界上最美好的事物。’凯尔西先生曾跟我们说过。

“小凯尔西把这种坚韧不拔的钻研精神带到了学习上,得到了命运之神的眷顾,他成绩优异,靠奖学金完成了学业。看到孙子以双科一等的优异成绩毕业于牛津大学时,‘定海神针’忍不住泪流满面。

“现在,人们普遍认为最珍贵稀有的邮票是那些印刷过程中的附属品,也就是那些印错或有瑕疵的邮票。实际上这种看法是片面的。不管投机者在市场上为这些邮票开出多高的价钱,对于真正的集邮爱好者来说它们都只是一文不值的废纸片而已。

“实际上,真正的珍品是那些投入正式流通,但发行量很少的邮票。比方说,在发现问题之前,这种邮票已经发行了几千枚,有时甚至只有几百枚。这和整版邮票从国库里不翼而飞没什么本质差别。

“在英国邮政的历史长河中，只有那么一次——也就那么一次——整版邮票竟与同时印出的其他大量邮票完全不同。我现在就和你说说里面的前因后果。

“1840 年 6 月，身怀六甲的维多利亚女王与阿尔伯特亲王坐着马车前去探望母亲时，一名叫爱德华·奥克斯福德的疯狂酒馆侍者在近距离向他俩开了两枪。所幸两发子弹都没有击中目标，维多利亚女王毫发无损。

“据悉，此次暗杀未遂事件是宪章派策划的，也有人认定这起谋杀是拥戴坎伯兰公爵[①]登基的橙色党人策划的。政府认定，或者说意欲承认前一种说法，但实际上后一种说法更有可能性。虽然奥克斯福德以患有精神障碍为由被判无罪，但因为此次暗杀行动，余生的二十七年时间都是在疯人院里度过的——在疯人院里，他看起来要比大多数患者和大半医生都要神志清醒——而那些始作俑者早就隐没在了人群中，逃之夭夭了。他们又有了新的目标。

“1840 年秋天，一个名叫雅各布·延格尔的印刷学徒工受雇于珀金斯·培根·珀斯印刷厂。小雅各布极具野心，工作很快就在这个行业中突飞猛进，取得了很大进步。

“不过印刷厂的老板万万没有想到，雅各布·延格尔是带着重要任务潜入印刷厂的。这是一项绝密计划，只有几

---

① 坎伯兰公爵：Duke of Cumberland，1721.4.15—1765.10.31，英国将领和统帅，英王乔治二世幼子，有弗兰德恶棍和坎伯兰屠夫之称号。

个隐藏在幕后的领导人知晓。”

让我吃惊的倒不是故事本身，而是爸爸讲故事的方式。在他惟妙惟肖的叙述下，我仿佛可以伸手触摸到那些绅士的衬衫和礼帽，还有那些女士的裙子。眼前的爸爸和他故事中的人物一样焕发了生气。

“雅各布·延格尔的任务非常机密，就是想尽一切办法，印刷出一版黑便士邮票，只要一版就够了。与其他黑便士邮票不同的是，这版邮票用的是亮橙色印墨。一个戴着宽边帽的家伙坐在邻近圣保罗大教堂的小酒馆的角落里，偷偷地把装着印墨的小药瓶和好处费塞到了他的手里，并悄声向他说明了任务。

“雅各布偷偷地把这版与众不同的黑便士邮票印好后，只要混在即将分发到英国各地邮局的普通黑便士邮票里，任务就算完成了，剩下的只能听天由命了。

“这版橙色邮票迟早会在英国的某地浮出水面，其具有的含义不言而喻。‘我们在你们中间，’橙色党人在宣告，‘虽然看不见，我们却无处不在，自由无阻。’

“毫不知情的邮政当局根本没机会召回这些具有煽动作用的邮票。一旦这些邮票出现，谣言就会像野火一样越传越广，甚至连政府当局都无法阻止。这种颠覆政府的结果无疑是致命的。”

爸爸继续说道：“不过，一个潜入橙色党人领导层的谍报人员最终还是发现了这个秘密，他传回话来，说敌对者准

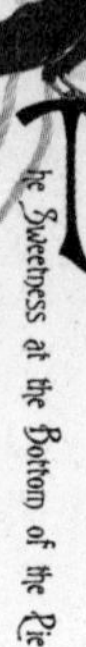

备利用橙色邮票作为给各地反叛者的信号，开始对王室发起新一轮的人身攻击。但已为时过晚。”

“这是个看似完美无缺的计划。如果失败的话，只需要伺机而动，等待下一次机会就可以了。但根本用不着下次机会，计划已经有条不紊地展开了。

“雅各布在圣保罗大教堂遇见陌生同伙的第二天，珀金斯·培根·珀斯印刷厂后面的小巷里突然莫名起了一场大火。印刷厂的印刷工和职员纷纷冲出去看热闹时，雅各布冷静地从衣兜里掏出装着橙色印墨的小瓶子，把事先藏在架子上的化学药品瓶后面的备用滚轴拿了出来，给滚轴染上橙色的印墨，放上潮湿的水印纸，印在了印盘上，于是那版橙色黑便士邮票就如探囊取物一样轻而易举地印成了。

“等其他工人陆续返回到自己的工作岗位时，雅各布早已把印好的橙色邮票混到了其他黑便士邮票之中，清洗好印盘，并把破抹布藏了起来，准备印刷下一批普通邮票了。看到雅各布临危不惧的表现，年迈的约舒亚·巴特斯·培根还特意走到他身旁，大加赞赏了一番，说他一定会在这个行业里出人头地的。

“不过命运总喜欢开玩笑，这次也不例外。阴谋的策划者们万万没有想到，就在当天晚上，下起了瓢泼大雨，前一天和雅各布接头的那个戴宽边帽的男子在舰队街被飞驰而过的马车撞倒了。他是忠诚的天主教徒，临死前把穿着雨衣的警察误当成了穿着法衣的天主教神父，将雅各布·延

格尔和整个计划和盘托出。

“但那个时候，雅各布已经完成了自己的任务，橙黄色的整版邮票已经搭上了晚班邮车，发向了大英帝国的一个不知名角落。哈莉特，你不会觉得我讲的故事枯燥吧？”

哈莉特？爸爸是在叫我“哈莉特”吗？

爸爸也许并没有意识到，他每次招呼我这个最小的女儿时，总是会把我们姐妹三个的名字连起来念上一遍。我早就习惯被他叫作“奥菲莉亚·达芙妮·弗拉维亚，该死的”了。不过把我当成哈莉特，还是平生第一回！这只是爸爸的口误，还是爸爸真把我当成哈莉特，以为在给她讲故事呢？

我真想把他摇醒；真想搂住他；真想死了算了。

不过我很快就意识到，要是自己出声，可能会打断爸爸的遐想。我只好慢慢地把头从一边转到另一边，好像动作幅度大了，它就会从脖子上掉下来似的。

窗外，大雨如注，狂风肆虐地撕扯着窗户外侧的那些藤蔓。

“通缉令马上就发下来了。”爸爸终于又继续说道，这时我紧绷的神经才放松了下来。

“英国几乎所有的邮政局长都接到了电报。不管在任何地方，只要发现这些橙色邮票，就要妥善保管起来，并尽快通知当局邮票所在的具体位置。

“以前的绝大部分黑便士邮票都被送到了城市里，因此当局认为橙色邮票最有可能出现在伦敦或曼彻斯特这样的大城市里，当然，也可能出现在谢菲尔德和布里斯托尔这样的中型城市里。但实际上，邮票并没有出现在这些地方。

“那版邮票被塞到了最靠里的一个邮包里，发到了康沃尔郡的一个名叫圣玛丽马什的小乡村。那是个与世隔绝的地方，一直风平浪静，什么事情也不曾发生过。

“那里的邮政局长叫梅尔维尔·布朗，一个早已过了退休年纪的老绅士，逢人就说他要攒下一点自己微薄的薪水，好在死前‘能够平稳过渡’。

“圣玛丽马什村离公路实在是太远了，所以布朗局长并没有收到财政部的电报指令。几天后，那包黑便士邮票运到了，布朗局长拆开邮包，查看邮票的实际版数是否与标签上的数字相符。结果让他大吃一惊，多了一版。

“当然他一下就发现了那版橙黄色的邮票。他想一定是有人犯了个可怕的错误！因为他并没有像平时一样，从官方发布的‘局长通行报’中得到便士邮票又增添了一种新颜色的通知。布朗局长虽然搞不清这些橙黄色邮票的来头，但他知道这种邮票一定关系重大。

“有那么一会儿——注意只是那么一会儿——布朗局长想到这种颜色奇特的整版邮票可能要比它的面值更值钱。那些整日无所事事的人——他认为这些人大多聚集在伦敦——在邮票发行还没到半年时就开始收集起来放在小本子里了。一枚印刷位置有偏差或是倒印了检验码的邮票

都值上一两个英镑，更别说这一整版印错了颜色的邮票了！

“但布朗局长是人类少有的大天使般的人物，具有诚实无欺的高贵品质。他马上就给财政部发了电报，在接到电报的短短一小时里财政部就从帕丁顿派了个专员，前往康沃尔郡，把那版邮票运回了伦敦。

“当局打算那版包藏祸心的邮票一旦被运回到伦敦，就立即销毁，而约舒亚·巴特斯·培根却建议把它放在印刷厂的历史档案里，或大英博物馆里供后代研究。

“美国人说得没错，维多利亚女王有着强烈的收藏欲，她早有了自己的想法：她想得到其中一枚作为自己遇刺脱险的纪念，其他的交给邮票印刷厂的最高长官进行销毁。

“谁又能拒绝女王的请求呢？当时，英国正准备入侵贝鲁特[1]，在任首相墨尔本勋爵（他曾和女王陛下有段罗曼史）正忙活着别的事。为了不节外生枝，他下令把邮票烧掉了事。

“这样，世上仅有的一版橙色便士邮票就放在珀金斯·培根·珀斯印刷厂厂长书桌上的瓶子里被烧掉了。不过，在点燃火柴前，约舒亚·巴特斯·培根精准地撕下了两枚邮票——当时还没有发明邮票齿孔，所以撕邮票需要娴熟的手法——其中，左上角那枚印着两个‘A’的邮票他准备献给维多利亚女王，右下角那枚印着‘T’和‘L’两个字母

① 贝鲁特：黎巴嫩的首都。

的邮票他决定悄悄据为己有。

“这两枚邮票日后被收藏者称为‘爱尔兰复仇者’，但是在此前的好几十年里，它们的存在却是国家机密。

“几年后，老培根死了。在挪动他的书桌时，夹在书桌后面的信封掉在了地上。你可能已经猜到了，发现信封的清洁工正是凯尔西博士的祖父‘定海神针’。他想，既然培根先生已经死了，把信封里的那枚亮橙色邮票拿回家给三岁的小孙子玩玩又有什么害处呢？”

我突然感觉自己的脸红了，心里拼命地祈祷着不要被爸爸发现。不过怎样才能在不让事情变得更加复杂的情况下，告诉爸爸那两枚印有“AA”和“TL”的邮票此刻就放在我的衣兜里呢？

我考虑着要不要把那两枚重量级的邮票拿出来，放到爸爸手里，不过转念一想，我都在休伊特警长面前承认自己的杀人罪行了，绝对不能把任何被盗的或是连累爸爸的东西放在爸爸手里。

所幸爸爸并没注意到我的变化，连闪电雷鸣都没能把他从回忆里拉回来。

“当然那枚印有‘TL’的邮票后来就成了凯尔西博士最珍贵的收藏品，”爸爸继续说道，“现在众所周知，世上仅有两枚这样的邮票。另一枚，也就是印有‘AA’的那枚邮票在维多利亚女王逝世后传给了她的儿子爱德华七世，爱德华七世逝世后又传给了乔治五世，一直被乔治五世收藏。直到最近，那枚邮票在一次集邮展览中，在大庭广众之下竟然失窃了，至今还没找到。”

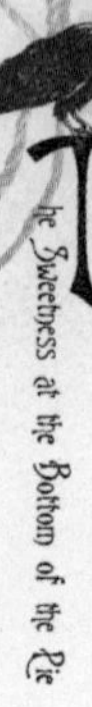

“原来如此啊!”我渐渐明白了。“那枚印有‘TL’的邮票呢?”我大声问道。

“正如我们所见,那枚邮票被谨慎地放在了格雷敏斯特中学校长办公室的保险柜里。凯尔西博士时常会把那枚邮票拿出来。‘有时是为了欣赏,’他对我们说过,‘有时是为了回忆卑微的过去,免得自己沾沾自喜,忘乎所以起来。’

“王室的那枚‘爱尔兰复仇者’很少拿出来给别人看,可能只有几位大名鼎鼎的集邮家才有此殊荣。据说国王陛下曾想出价购得凯尔西博士手里的邮票,但被凯尔西博士不失礼节地坚定回绝了。后来国王又通过密使向凯尔西博士请求,希望一睹被他称为‘橙色奇观’的那枚邮票。凯尔西博士马上同意了这个请求。于是,在某天天黑以后,国王在王室近臣的陪同下来到了格雷敏斯特中学。当然,谁也不知道,那天晚上国王有没有带上那枚印有‘AA’的邮票,使其与印有‘TL’的邮票再次会合,哪怕只有短短的几个小时而已呢。这个也许成了世界集邮史上难以解开的谜了。”

我轻轻摸了摸口袋,指尖正好碰到了装有邮票的小袋边缘。

“我们的老舍监特文宁先生仍然清晰地记得当天的场面,他说在那个寒冷的冬夜,校长室的灯光久久没有熄灭。

“唉,说到这儿,又不得不提到博恩佩尼·贺瑞斯了!”

从语调的变化能得知爸爸又回到自己的过去了。我浑身都为之兴奋起来了。离真相越来越近了!

“这时的‘瘦猴’可不仅仅是出色的魔术师了。他很爱出风头，一意孤行，厚颜无耻，为了达到自己的目的，不惜严厉打压其他同学。

“除了能从他父亲的律师那里定期拿到零用钱外，‘瘦猴’通过在格雷敏斯特校园内外表演节目也能赚到不菲的外快。一开始，他还只是在学生聚会上表演，后来随着信心的增长，他逐渐出现在音乐会和政治晚宴上。那时，他把鲍勃·斯坦利当作了唯一的伙伴，经常能听到有关他们奢侈行为的种种传闻。

“那些日子，除了在教室里，我很少能见到‘瘦猴’。自从超越了魔术趣味活动小组的其他成员后，他就弃我们而去了，听说他还轻蔑地称我们为‘耍把戏的家伙’。

“随着活动小组出席人数的逐渐减少，特文宁先生最终宣布放弃魔幻世界，魔术趣味活动小组就此解散了。他说他会把全部精力集中在集邮协会上。

“我记得那个晚上——初秋的集邮协会的第一次例会上——‘瘦猴’突然出现在了我们面前，他笑容满面，一副虚情假意的模样，好像很喜欢回到我们中间。从上学期期末，我就再也没见过他。在我看来，他完全就是个异类，这间教室已经容不下他了。

“‘哎呀，博恩佩尼，’特文宁先生打趣道，‘真是个意外的惊喜啊。哪股风把你吹回陋室来了？’

“‘脚呗！’博恩佩尼大声说道。大多数学生都笑了起来。

“不过他马上放低了姿态，刹那变回一个谦逊而恭敬的普通学生了。

“‘先生，我想跟您说件事，’博恩佩尼说道，‘整个假期我都在想，要是您能劝说校长让我们看一眼他那枚特殊的邮票，那可就太好了。’

“特文宁先生的脸色马上沉了下来。‘博恩佩尼，你所说的那枚特殊邮票可是英国集邮界的瑰宝。我才不会在你这种小毛孩儿的怂恿下让校长先生拿出来呢。’

“‘不过，先生，请您想想我们的未来！当我们这帮小伙子长大……有了自己的家庭以后……’

“听到这话，其他男孩儿不禁相视而笑，用脚趾描起了地毯上的图案。

“‘先生，那时很可能会出现《亨利五世》中的一幕，’‘瘦猴’不依不饶地说道，‘等我们风烛残年，躺在病榻上，会为在格雷敏斯特中学没有一睹‘爱尔兰复仇者’而悔恨不已！哦，求您了，先生！求求您了！’

“‘博恩佩尼，你的胆子实在是太大了，我倒可以给你打个 A⁺；不过你在这儿引用莎翁名剧可不太合适，这个我可得给你个零分。不……’

“看得出来特文宁先生的态度已经软化了下来，一侧的胡须也微微翘了上去。

“‘是啊，求您了，先生。’我们纷纷从旁帮腔。

“‘那……’特文宁先生说道。

“于是事情就这样定了下来，特文宁先生和凯尔西博士谈了一次，说孩子们对那枚神秘的邮票有着浓厚的兴趣，特别想看看，校长也很高兴，就欣然同意了。于是定于下个周日的晚礼拜后在校长私宅里观赏邮票，受邀的只有集邮协会的成员。凯尔西夫人还会精心准备可可茶和饼干来招待我们呢。

“屋里全都是烟。和‘瘦猴’一起来的鲍勃·斯坦利一点也不避讳地抽着廉价香烟，不过好像没人在意这个。虽然六年级的男生已经可以抽烟了，但我还是第一次见到有同学在校长面前吸烟。我是最后一个到的，那时烟灰缸里已经堆满了特文宁先生丢弃的印度惠尔斯公司生产的金雪花(Wills's Gold Flake)烟头。不上课时，他总是一根接一根地抽这种烟。

“凯尔西博士和那些伟大的校长一样，不显山不露水的，一点架子也没有。我们一到，他就和我们天南海北地聊了起来：天气，板球赛的比分，奖学金，教学楼砖瓦那岌岌可危的状态等等。他越是不着边际地与我们闲聊，我们的胃口就越是被吊得十足。

“直到我们都如坐针毡时，他才说道：‘哎呀，我差点忘了——你们是来看我那张珍贵的小纸片的。’

“这时，我们都像热锅上的蚂蚁一样坐立不安起来。凯尔西博士走到保险柜前，用指尖轻快地旋转起号码锁。

“一连串咔嗒声后，柜门被打开了。凯尔西博士把手伸进保险柜，拿出了一个烟盒——就是那种普通的金雪花牌香烟盒！我们一看到那个烟盒，都忍不住笑了起来。真不知道他怎么好意思在国王面前拿出这个烟盒。

“我们小声地嘀咕了一会儿。凯尔西博士打开盒盖，房间里一下子安静了下来。烟盒里垫着一层吸水纸，吸水纸上面放着一个又小又不显眼的信封，真是很难想象得出，里面会有价值连城的宝物。

“凯尔西博士扬手从口袋里拿出一把镊子，小心翼翼地取出邮票放在了纸上，那架势就像工兵从一颗没有爆炸的炸弹里抽出导火线一样。

“我们聚拢了过来，互相推来挤去的，好抢占个最佳的观察角度。

“‘孩子们，小心点，’凯尔西先生说道，‘注意言行举止，绅士点啊。’

“传说中的那枚邮票就这样活生生地展现在了我们面前，和想象中的一样，但又太……太迷人了。我们竟和‘爱尔兰复仇者’共处在一个房间里，简直令人难以置信。

“‘瘦猴’就在我后面。他伏在我的肩膀上，我的脸都能感受到他呼出的热气，一股猪肉馅饼和红葡萄酒味。我琢磨着，他是不是刚喝过酒了？

“接下来发生的事，我一辈子也忘不了，估计到死都不会忘的。‘瘦猴’突然冲了过去，一下子抓起了邮票，夹在拇

指和食指之间，高高举了起来，仿若牧师在操办着什么仪式似的。

“‘先生们，快来看啊！’他大叫道，‘我给大家变个魔术吧！’

“我们都目瞪口呆地站在那儿，还没反应过来，‘瘦猴’已经从口袋里拿出一根火柴，用拇指指甲擦出火苗，朝‘爱尔兰复仇者’一角靠了过去。

“邮票慢慢变黑，然后卷了起来，表面掠过了一圈小火苗。一会儿工夫，‘瘦猴’的手掌上就只剩下一小团灰烬了。‘瘦猴’举着手，用一种可怕的声音吟唱道：

尘归尘，土归土，

恶人下地狱，好人进天堂。

“简直太令人震惊了，大家都惊呆了，一点声音也没有。凯尔西博士站在原地，吃惊地张着嘴；而带我们来的特文宁先生则像胸口中了一枪，表情极为痛苦。

“‘先生们，这不过是个魔术，’博恩佩尼脸上露出阴险的笑容，大声说道，‘现在请大家一起帮我把邮票弄回来。我们齐心协力，共同祈祷……’

“说完他用右手拉住我的左手，左手紧紧拉住了鲍勃·斯坦利的手。

“‘组成一个圆圈，’他命令道，‘拉上手，围成圈，一起

祈祷吧！'

"'够了！'凯尔西博士喝道，'赶快停止这种无礼行为，快把邮票放回去，博恩佩尼。'

"'不过，先生您看，''瘦猴'说道——我清楚地看到在炉火的映照下，他狡黠地咧嘴笑了——'如果不拉手的话，这个魔术就没法做了，这点您总该明白吧？'

"'把……邮……票……放……回……去。'凯尔西博士一字一顿地慢慢说道。他就像大战过后战壕里的士兵一样，面容狰狞恐怖。

"'那好吧，那我自己把它弄回来吧，'博恩佩尼说道，'不过我可得先提醒您，这样可比大伙儿一起召唤困难得多。'

"我以前从没见博恩佩尼这么自负，也从没见过他如此目空一切。

"他卷起袖子，尽可能举高那几根又长又白的手指。

> 橙色的女王啊，快回来吧，快回来吧，
> 快回来告诉我们你去了哪儿！

"说完，他打了个响指，一枚邮票出现了。是枚橙色的邮票！

"凯尔西博士不像刚才那样紧绷着脸了，甚至有了几分笑意；特文宁先生的手指紧紧地扣住了我的肩胛骨。直到

此时,我才意识到他一直使劲儿地抓着我。

"'瘦猴'把邮票拿到眼前,几乎碰到了鼻尖,似乎想好好看看这枚邮票。与此同时,另一只手从裤子口袋里抽出一面不太干净的放大镜,噘着嘴仔细查看着刚变出来的那枚邮票。

"突然他的声音又变成了'借尸还魂'中那个古代官员的声音。虽然他没有化装,但我发誓我清楚地看见了表演者的黄皮肤、长指甲和红色镶龙官服。

"'呃——啊!列祖列宗,快把邮票送回来吧!'他一边说着一边伸出手臂,让我们也看看他手中的邮票。这是枚美国发行的附捐邮票,就是那种内战时期的通行版本,我们每个人手里都有一大堆。

"他松开手,任邮票飘落在地,然后耸了耸肩,翻了翻眼皮。

橙色的女王啊,快回来,快回来吧……

"他又开始来这一套了,但凯尔西博士已经抓住了他的肩膀,像摇油漆罐一样摇着'瘦猴'的身体。

"'把邮票交出来,'凯尔西博士伸出手来命令道,'快点。'

"'瘦猴'接连把两只裤子口袋都摊了出来。

"'先生,可能找不到了,'瘦猴说道,'好像出了点

差错。'

"他翻看着两只袖子,把手指伸进衣领里摸索着,脸色一下子就变了,好像一下子变回了那个一闯祸就吓得够呛,只想着逃之夭夭的中学生了。

"'先生,以前这招一直挺灵的啊,'他结结巴巴地说道,'我都玩过多少次了。'

"他的脸涨得越来越红,我感觉他马上要哭了。

"'搜他的身。'凯尔西博士喝道。几个学生在特文宁先生的指挥下,把他拖到了卫生间,推倒在地,从头到脚仔细搜了一遍。

"'这孩子说得没错,'从卫生间出来后,特文宁先生说道,'那枚邮票好像真的不见了。'

"'不见了?'凯尔西博士问道,'不见了？怎么就不见了呢？你确定吗?'

"'确定。'特文宁先生说道。

"大伙儿又搜了整个房间:地毯被掀开了,桌子被挪到了一边,所有的装饰品都被翻了个底朝天,不过还是竹篮打水一场空,根本就没见到邮票的踪影。在这个过程中,'瘦猴'一直坐在房间的角落里,把头深深地埋在两手之间。最后,凯尔西博士朝'瘦猴'走了过去。

"'博恩佩尼,你解释一下。'凯尔西博士命令道。

"'先生,我……实在没法解释。邮票一定是烧成灰了吧。您看,我本来是想把这两枚邮票调个包的,我一定

是……怎么可能……不应该……’

“他突然大哭了起来。

“‘孩子们，快去睡觉吧！’凯尔西先生吼道，‘快离开这儿，给我睡觉去。’

“校长先生平时对我们说话都是和声细语的，从没见他这么大声过，我们打心眼里吓了一大跳。

“我瞅了一眼鲍勃·斯坦利，他好像在等车一样，正漫不经心地盯着地板，脚趾前后蹭着。

“‘瘦猴’站了起来，穿过房间，慢慢朝我走了过来，眼圈红得吓人。他走到我身旁，抓住了我的手，绵软无力地握了一下，而我则呆呆地站在那里，不知道该如何是好。

“‘对不起，杰克。’他说得好像我才是他的同伙，而鲍勃·斯坦利跟他毫无关系一样。

“我根本不敢直视他的眼睛，于是忙扭过头，等着他离我远去。

“‘瘦猴’飞似的逃出房间，特文宁先生这才扭过头，脸色惨白。他想向校长先生道歉，不过这似乎只是雪上加霜，情况变得更糟了。

“‘先生，也许我该把他父母叫来。’特文宁先生说。

“‘把他父母叫来？特文宁先生，我觉得要叫的应该不是他的父母吧。’

“特文宁先生站在房子中央，不知所措地搓着手。谁知道这个可怜的人当时在想着什么呢。连我都记不清自己当时在想什么了。

“第二天是星期一，我和辛普金斯一起顶着凛冽的寒风穿过操场，他和我絮叨着‘爱尔兰复仇者’的事情。传言像野火一样扩散开来，孩子们聚在一起，交头接耳地谈论着，互换着最新消息——当然这些消息几乎都是假的。

“我们离教学楼不满五十码①远时，突然听见有人喊道：‘快来看啊，在上面，在钟塔上！是特文宁先生！’

“我抬起头，看到可怜的特文宁先生正站在塔顶，像只蝙蝠一样紧紧抓着钟塔的栏杆，身上的长袍在风中噼啪作响。从飘浮的云层间透过的一缕阳光就像舞台聚光灯一样，从背后映着特文宁先生的身形。在阳光的照耀下，他的全身放着光芒，从帽子下钻出的头发就像个闪闪发亮的铜盘，仿若彩绘本中圣人头上的光环一样。

“‘小心点，先生！’辛普金斯喊道，‘钟塔上的砖瓦不太牢固了！’

“特文宁先生低头看着脚下，仿若刚从梦中惊醒，又像是因为发现自己离地八十英尺②而茫然不知所措。他看了一眼脚下的砖瓦，一下子僵立不动了。

“突然，他把身体伸展开来，只用指尖搭着栏杆，举起右臂行了个罗马式军礼。他身上的长袍随风摇曳，那架势就像是站在城墙上指点江山的恺撒大帝一样。

---

① 50码=45.72米。

② 80英尺=24.384米。

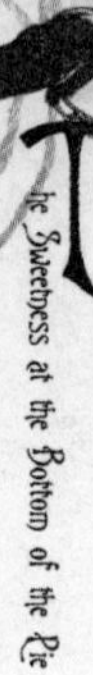

"'Vale',他向我们做着最后的告别。

"刚开始,我还以为他从栏杆边退了回去呢——也许是他改变了主意,也许是他身后的阳光弄花了我的眼睛——不过随后我却看到他在空中翻转了起来。后来一个男孩儿告诉报社的记者,说那时的特文宁先生就像从天而降的天使,但实际上一点也不像。他更像是袜子里的石头,从高空骤然跌落。我真找不出什么好词来形容当时的场景。"

爸爸好像不知道说什么好了,停了很长时间。我又紧张得屏住了呼吸。

"他的身体撞上鹅卵石地面所发出的声音,"爸爸终于又开口说道,"从那天开始一直萦绕在我的梦里。我在战争中耳闻目睹了很多事,但哪件也比不过它,哪件也没这件恐怖。

"他是个可敬可爱的人,却毁在了我们手里。虽说是自杀,却与我和博恩佩尼·贺瑞斯亲手把他从钟塔上扔下去没什么区别。"

"不是这样的,"我伸出手去摸爸爸的手,"这件事和您一点关系都没有。"

"啊,弗拉维亚,爸爸是有责任的。"

"才不是这样呢!"我又重复了一遍自己的话。不过心里却暗暗有些吃惊,我的胆子也太大了,竟敢这样和爸爸说话。"这件事和您一点关系都没有。是博恩佩尼·贺瑞斯毁了'爱尔兰复仇者'!"

爸爸露出一丝苦笑。"亲爱的,不是博恩佩尼。你听我

说，周日那天晚上，我回到了自己的房间，脱掉外套，发现衬衫袖口有块黏糊糊的地方。我马上就明白了是怎么回事：当我们按照博恩佩尼的指令拉起手组成圆圈祈祷时，他把食指伸进了我的衣袖里，把‘爱尔兰复仇者’粘在了我的袖口上。但为什么选择了我，而不是他的同伴鲍勃·斯坦利呢？原因只有一个：如果把在场的人都搜一遍，就会发现邮票在我的衣袖里，‘瘦猴’就能轻而易举地摆脱关系了。难怪他们把博恩佩尼搜了个底朝天，也没找到那枚邮票呢。

“当然了，博恩佩尼离开房间前和我握手就是要取走邮票。别忘了，他可是个变戏法的高手。我以前是他的魔术搭档，要是事情败露了，人们也会理所当然地认为，我还是他的搭档而已。还能有什么别的解释呢？”

“不是这样的！”我坚持道。

爸爸苦笑道：“事情就是这样，我再把之后发生的事告诉你吧。

“虽然没有不利于博恩佩尼的证据，但他还是在那个学期结束后就离开了格雷敏斯特中学。听人说后来他犯了事，逃到了国外，我对此并不觉得惊讶。几年后，听说鲍勃·斯坦利被医学院开除后去美国开了家邮票商店，对此我也泰然处之。他开的这家邮票商店主要靠在小报上刊登广告进行邮购业务，并经过政府允许，向未成年人出售邮票。不过所有这些业务都不过是个幌子，其真实目的是为了掩盖与富有的集邮者进行非法邮票交易。

“至于‘瘦猴’，我已经有三十年没见过他了。不过就在上个月，我去伦敦参加皇家集邮协会举办的国际邮展，也许你还记得这件事吧。那次邮展的亮点之一就是会向公众展示一些当今国王的珍贵藏品，其中包括极其罕见的‘爱尔兰复仇者’，就是那枚印有‘AA’的邮票。这枚邮票和凯尔西博士的邮票一样，是世上仅存的两枚橙色邮票之一。

“不过我只是看了一眼那枚橙色邮票，毕竟它给我留下的回忆很苦涩。还有几样我想观赏的展品，所以对国王的那枚‘爱尔兰复仇者’，我并没有过多关注。

“邮展接近尾声时，我正在展厅的最里面欣赏着一版新邮票，考虑着要不要买下来。我不经意间转头看了一眼，却发现了那头令人震惊的红发，我马上就知道这个人是谁了。

“当然是‘瘦猴’。他正站在国王藏品前的一群集邮者间滔滔不绝地讲着什么。我站在远处冷眼旁观了一会儿，‘瘦猴’的话好像激怒了一位邮展负责人，讨论变得越来越激烈，他们的嗓门也越来越高，负责人的头摇得像个拨浪鼓似的。

“我觉得当时‘瘦猴’没有看见我，当然，我也不想让他看见我。

“就在此时，我的战友希金森突然出现了，拉着我离开了展厅去吃晚饭，顺便小酌了一下。希金森可真是个老好人……已经不止一次在紧要关头出现在我面前了。”

爸爸眼中掠过一丝彷徨与迷茫，我知道他又和往常一样，沉浸在自己的世界里了。有时我真不知道该如何应对

爸爸这种突如其来的沉默。不过,就像上紧了发条却被卡住的玩具被人用手一拨马上恢复了动力一样,爸爸又继续说了下去,似乎压根儿就没停顿过。

“那天晚上,我在回家的列车上打开报纸,看到国王的那枚‘爱尔兰复仇者’被人用赝品调包了——这可是在众目睽睽之下,还有几个无可挑剔的集邮家和两个保安面前做到的——我不仅知道是谁干的,还大体知道是怎么完成的。

“于是上周五,那只死沙锥出现在咱家门口时,我马上就意识到是‘瘦猴’来了。我在格雷敏斯特中学的外号是沙锥鸟,简称为杰克。另外,黑便士邮票下方的字母连在一起能拼出他的名字。挺复杂的。”

“B ONE PENNY H,”我说,“博恩佩尼·贺瑞斯。在格雷敏斯特中学读书时,大家都简称他为‘瘦猴’,称您为‘杰克’。没错,这个我前一段时间就猜出来了。”

爸爸看了看我,仿佛我是条狡猾的毒蛇,他一时不知道如何是好,抉择着是护住自己的胸口,还是直接把我扔到窗外一样。他用食指揉了揉自己的上嘴唇,像要把嘴巴密封起来,不过他还是继续说了下去。

“虽说我知道他就在附近,但他那张死灰色的脸突然在黑夜中出现在书房窗口时,我还是被吓了一大跳。当时已经过了午夜,我本应该拒绝和他交谈的,不过他却威胁我……

“他让我买下他手里的两枚‘爱尔兰复仇者’:一枚是他刚从邮展上偷来的,另一枚是多年前他从凯尔西博士的

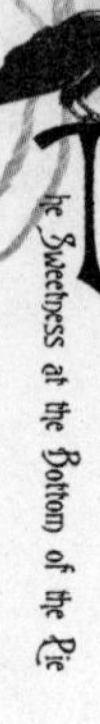

藏品中弄走的。

“他一直把我当成有钱人,诱导我说:‘这可是个千载难逢的投资机会啊。’

“我告诉他我没有钱,他就威胁要向警方揭发我,说是我策划了第一次‘爱尔兰复仇者’失窃案,还偷走了国王的那枚;他还说鲍勃·斯坦利会帮他做证的。毕竟我才是集邮者,而他不是。

“两枚‘爱尔兰复仇者’失窃时,我不是都在场吗?那个恶棍甚至还暗示我,他也许——注意,他用的是也许——已经把邮票放进我的藏品里了。

“和‘瘦猴’吵完架后,我心烦意乱,根本无法入睡。‘瘦猴’走后,我在书房里踱着步,备受煎熬,反复思量着自己的处境。我一直认为自己要对特文宁先生的死负上一部分责任。承认这一点很可怕,但这是事实。我的沉默直接导致了可敬可爱的特文宁先生的自杀行为。要是我能像男孩子那样大胆一些,说出自己心中的疑问,博恩佩尼和斯坦利就不会得逞,特文宁先生也就不会丢了性命。你看,弗拉维亚,沉默有时候需要付出最沉重的代价。

“经过长时间的仔细斟酌,我决定背弃信仰,向他的讹诈低头。我会变卖自己的所有藏品和全部家当,去换得他的沉默。弗拉维亚,我得告诉你,这个决定是我这辈子感到最耻辱的一件事。再没有比这个更让人羞愧难当的了。”

我想说点什么安慰一下爸爸,却又笨嘴拙舌,什么也说

不出来。我就像个拖把一样呆坐在那里，甚至都没能看一眼爸爸的脸。

“没过几个小时——四点左右吧，因为外面已经亮了——我关上灯，打算走到村子里，把博恩佩尼从旅店的房间里叫起来，答应他的要求。

“但不知是什么东西阻止了我。我也说不明白究竟是什么，不过的确有东西阻止了我。我走到了书房外的台阶上，却没有按原计划绕过屋子走到门前的车道上，而是鬼使神差地去了车库。”

原来是这么回事！我终于弄明白了。那天晚上从厨房去菜园的那个人并不是爸爸。爸爸从书房外的台阶，沿着菜园的外墙直接走到了车库，压根儿就没进菜园，所以也就不可能看到垂死的博恩佩尼。

“我得好好想想，”爸爸继续说道，“却没法集中精力。”

“所以您坐进了哈莉特的罗尔斯。”我脱口而出。有时我真恨不得杀了自己。

爸爸幽怨地盯着我，那眼神就像小虫被鸟吞食之前投出的最后一瞥。

“没错，”爸爸轻声说道，“我累了，最后只想着一件事了，就是‘瘦猴’和鲍勃·斯坦利要是发现我破产了的话，也许会放弃这场游戏，寻找更值得敲诈的目标。我不是说，希望别人倒霉。

“后来，我一定是睡着了。我也不知道了。不过也无关

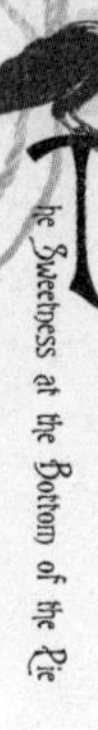

紧要了。总之,警察发现我的时候我还在车库里。”

“您破产了吗?”我大吃一惊,抑制不住自己的好奇心,问道,“爸爸,您不是还有巴克肖吗?”

爸爸看着我,眼睛湿润了:我以前从没看见爸爸哭过。

“你应该知道,巴克肖是哈莉特的。她去世时没有留下遗嘱,所以会有一笔数额不小的遗产税——这么说吧,这笔遗产税八成就能让我们破产。”

“但巴克肖是您的,”我说,“几个世纪以前就是我们德卢斯家族的了。”

“不是的,”爸爸悲伤地说,“巴克肖不是我的,它从来都不属于我。哈莉特嫁给我之前,就是德卢斯家族的一员。她是我的三表妹,巴克肖真正的法定继承人。我连一个铜板也没有。我刚才说的是真的,我是个名副其实的破产者。”

铁门处传来了敲打声,休伊特警长走了进来。

“德卢斯上校,对不起,”休伊特警长说,“你肯定知道,我们局长要求我们一丝不苟地执行法律制度。你们待在一起的时间太长了,我已经尽力了。”

爸爸黯然点了下头。

“弗拉维亚,跟我走吧,”警长对我说,“我带你回家。”

“我还不能回家,”我说,“我的自行车被人偷了,我得先报个案才行。”

“你的自行车在我的汽车后座上。”

“你找到自行车了啊?”我问。哈利路亚[①]! 格拉迪斯安然无恙!

“你的自行车根本就没丢,”警长说,“我看到你把自行车停在了警察局门口,就让格洛索普警官把它放到了安全的地方。”

“这样我就逃不了了,对吧?”

爸爸一定是不满于我的鲁莽言行,他扬起眉毛,但什么话也没说。

“没错,确实有这方面的考虑,”休伊特警长说,“不过主要还是因为外面雨太大,往巴克肖去还有一段很长的上坡路。”

我默默地抱了爸爸一下。爸爸的身体像橡树一样僵硬,不过好像并没有反对我的拥抱。

“弗拉维亚,要做个乖孩子。”爸爸说道。

做个乖孩子? 爸爸想的只是这个吗? 显然,真相马上就要浮出水面了,只要我们再使把劲儿,就会豁然开朗了。

“我会尽力的,”我一边说一边转身离去,“我会尽十二分力的。”

“你不能对你父亲这么不客气。”我们途经通向莱西教区的指路牌时,休伊特警长减慢车速,对我说道。我瞥了他一眼,在车里仪表盘发出的柔和灯光的映照下,他的脸亮闪

---

① 哈利路亚:用于宗教唱诵和祷词中,意为赞美上帝,也指对期望已久的事发生表示高兴。

闪的。雨刷像两把黑色的大镰刀，在暴风雨中不停地来回冲刷着挡风玻璃上的雨水。

“你真的认为我爸爸杀了博恩佩尼吗？”我问。

他的回答姗姗来迟，却掷地有声，让我深感悲伤。

“弗拉维亚，除了他还会有谁？”他反问道。

“比如说……”我犹豫不决地说，“还有我。”

休伊特警长打开除霜器，把我们说话时凝结在挡风玻璃上的雾气蒸发掉。

“你也没指望过我相信你那番搏斗和心脏病发作的鬼话，是吧？因为我根本就不会相信。博恩佩尼不是死于心脏病发作。”

“那就是馅饼的问题！”我突发灵感，脱口而出，“他是被馅饼毒死的！”

“是你在馅饼里下的毒吗？”问这话时警长几乎笑了出来。

“不是我干的，”我承认道，“要是我干的就好啦。”

“那就是块很普通的馅饼，”警长说，“我已经拿到了分析报告。”

很普通的馅饼？这可能是马利特夫人做的甜点得到的最高评价了。

“你推断得没错，”警长继续说道，“博恩佩尼死前几个小时内确实吃了块馅饼。不过你是怎么知道的呢？”

“除了陌生人，还有谁会吃那个东西呢？”我语气中带着

几分嘲讽，以此来掩盖自己刚刚犯下的错误：博恩佩尼根本就不是被马利特夫人做的馅饼毒死的。在警长面前这么说简直是太孩子气了。

“很抱歉我刚才说了那些话，”我对警长说道，“也不知道那些话从哪儿冒出来的，您一定觉得我是个十足的大傻瓜吧？”

休伊特警长没有马上回答，过了好长时间，他才说道：

除非馅饼底下抹了蜂蜜，否则谁会稀罕碰它呢？

他又补充道：“这句话是我奶奶说过的。”

“什么意思？”我问。

“意思是——好啦，巴克肖到了。赶快回家吧，他们也许在为你担心呢。”

“哦，”菲莉见我回来，漫不经心地说道，“你出去过了吗？我们都没注意啊，是吧，达菲？”

达菲露出大半个眼白看了看我，显然是被吓了一跳，却在竭力掩饰着。

“是啊。”她咕哝了一句，又沉浸在了那本《荒凉山庄》[①]

① 《荒凉山庄》：*Bleak House*，或译为《萧斋》，发表于1852年至1853年之间，是狄更斯最长的作品之一，以错综复杂的情节揭露英国法律制度和司法机构的黑暗。

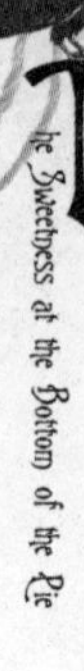

中。达菲没什么优点,不过阅读的速度倒是一流的。

她们要是问我,我会很高兴地把去见爸爸的事情和盘托出的,可是她们压根儿就没问什么。如果她们还在为爸爸感到悲伤的话,至少我不会了,这一点确定无疑。我们三姐妹就像三只完全不同的蚕茧里的幼虫一样,有时我会忍不住想究竟为什么会这样。查理·达尔文曾经指出为了生存而进行的激烈竞争通常都发生在部族内部。达尔文家有六个孩子,他排行老五,上面有三个姐姐,他显然了解这句话所蕴含的深刻含义。

对我来说,这更像是一条基本化学原理:我知道一种物质最容易被化学成分与它相近的某种溶剂所溶解。对于这种现象,并没有什么合理的解释,只是一项自然法则。

这可真是漫长的一天,我的眼皮已经快支持不住了。

"我要回房睡觉了,"我说,"晚安,菲莉;晚安,达菲。"

对于我礼节性的道别,菲莉一点反应也没有,达菲只是简单地应了一句。我走上扶梯,道格尔突然出现在了二楼的楼梯口,他手里拿着的烛台很可能是在曼陀利庄园义卖会上抢购来的。

"德卢斯上校还好吧?"他低声问道。

"他很好,道格尔。"我答道。

道格尔心事重重地点了点头。我们什么话也没说,朝各自的房间走去。

格雷敏斯特中学像是在追忆自己的辉煌过去一样，在阳光下懒洋洋地打着盹儿。这里和我想象的一模一样：宏伟的老式石头建筑，缓缓流淌的小河，河边是整齐的绿地，还有一个空荡的操场，操场上仿佛回荡着那些早已故去的学生进行板球比赛的嘈杂声。

途经的小道边上种了些树，我把格拉迪斯靠在一棵树上。树篱后面有辆拖拉机嘟嘟地响着，不过却不见司机的踪影。

唱诗班的歌声从礼堂穿越草地飘了过来。外面晨光明媚，他们唱的却是：

柔和的阳光啊，
渐渐从眼前消逝而去——

我静静地听了一会儿。歌声戛然而止，一会儿工夫，风琴声突然响起，唱诗班的孩子们又从头唱了起来。

当我慢慢地穿过草坪——这片草坪就是爸爸说的“操场”吧——教学楼上几扇高大的空窗户冷冷地俯视着我，我仿佛一下子成了显微镜下的昆虫，头上笼罩着看不见的透镜和奇怪的光线。这种感觉让我很不舒服。

格雷敏斯特中学宽阔的草地和蜿蜒的小道上只有一名男生和两名穿着黑袍的老师，男孩儿滔滔不绝地说着什么，两名老师则一边走一边交头接耳地讨论着什么。整个校园在深蓝色天空的映衬下，显得越发空旷，就像一张巨大的彩色照片一样——你可能会在《英国美景》这类书中看过这样的照片——给人一种不真实的感觉。

草地东面有幢石灰石砌成的楼房——楼顶还有座钟塔——想必就是学校的教学楼了，那就是爸爸以前求学的地方吧。

快走到教学楼时，我抬起手遮住了刺眼的阳光，朝上望去。特文宁先生就是在上面那些砖瓦之间，纵身跳下，摔死在下面的碎石路上的。那条古老的碎石路离我现在站着的地方不足一百英尺①。

我溜达着走过草地，想到碎石路上探个究竟。

令人失望的是，路上并没有血迹。毕竟这么多年过去

---

① 100 英尺 =30.48 米。

了，当然不会留下什么痕迹了。也许特文宁先生的血迹在第一时间——在他破碎的尸体还没有从现场拖走的时候——就已经被清除掉了。

碎石路历经了二百多年的风雨洗礼，早就看不出什么端倪来了。它不过区区六英尺宽而已，紧贴着教学楼的外墙。

我扬起头，盯着那座钟塔。从这个角度看，钟塔高高地耸立在云端，大块大块的白云从上面飘浮而过，给人一种头晕眼花的感觉，似乎整个建筑物正在倾斜、坠落，然后倒塌在我的身上。这种幻觉让我一阵恶心，我只好看向别的地方。

斑驳的石阶从碎石路末端穿过拱门，一直通向教学楼的双开门。门左边是收发室。我走进教学楼时，管理员正忙着打电话，连头都没抬。

展现在我面前的是一条冷清、幽暗的走廊，似乎漫无止境。我迈开步子，沿着走廊小心翼翼地向前走，生怕在石板地面上发出摩擦的声音。

走廊两侧的画廊是清一色的笑脸——有些是学生的，有些是老师的——这些照片逐渐消失在了昏暗的尽头。这些格雷敏斯特中学的校友都在战争中为国捐躯了，他们的照片镶在黑色相框里，镀金卷轴上写着“为了别人更好地活着”。走廊尽头单独挂着三个男孩儿的照片，他们的名字被用红色刻在了一块小铜牌上，名字下方写着几个字：战争失踪人员。

"战争失踪人员?"爸爸的照片怎么没有挂在这里呢?我暗自思忖着。

爸爸要是和这三个把遗骨撒落在法国的年轻人一样,那该多好啊。我对自己有这样的想法感到有点内疚,不过话又说回来,这么想也没什么不对。

我想就在身处格雷敏斯特中学阴暗的教学楼大厅的那一刻,我才开始对爸爸冷漠的性情有了真正的了解。昨天我本打算伸出手臂抱住他,给他温暖。但我现在才明白,在牢房里的那个温暖场面,并不是他在和我谈话,而是他的一番痛苦独白。他并非在和我,而是在和哈莉特交谈。和死去的博恩佩尼一样,我只是个毫不知情的倾诉对象而已。

现在我终于来到了爸爸噩梦开始的地方:格雷敏斯特中学。这里显得格外冷清、荒凉。

画廊尽头光线昏暗,有段通向二楼的楼梯。走出楼梯口,还有一条和一楼一样横贯教学楼的阴暗长廊。走廊两边的门都锁上了,但每扇门上都有一小块玻璃,透过玻璃可以看到教室里面的情景。我朝里面望了望,发现这些房间都是教室,里面的布置也大同小异。

走廊尽头的拐角处有一个大房间,门牌上写着"化学实验室"。

我轻轻推了下门,门马上就开了。真是否极泰来,这两天接连碰壁,没想到现在竟然一切顺利!

我不知道自己究竟想看到什么,但我确定眼前的一切绝对不是我想看到的:沾满污渍的木桌,随意丢弃的烧瓶,脏兮兮的消毒器,破碎的试管,陈旧的本生灯,墙上还挂着一张彩色化学元素周期表。可笑的是,元素周期表里砷和硒的位置还印反了。我一眼就看出了这个错误,马上从黑板下面的沟槽内拿出一截蓝色粉笔,冒昧地在两个元素之间画上双箭头,并在箭头下写上“错误”两个大字,同时在字的下面还画上了两条线,以表示强调。

这个有名无实的实验室根本不能和巴克肖的化学实验室相提并论。想到这个,我不禁沾沾自喜起来,恨不能马上奔回家,回到实验室,去触摸那些闪闪发光的瓶瓶罐罐,趁着这股兴奋劲儿调制出最理想的毒物来。

但是得等一会儿才能享受到这种喜悦。我还有别的事要办呢。

我走出实验室,来到走廊,沿着来时的路走回教学楼中央位置。如果我没猜错的话,我现在应该处于钟塔的正下方,离钟塔的入口一定不远了。

墙的镶板上有扇小门,刚开始我还以为是杂物间呢。等我打开门,发现里面是段陡峭的石阶时,心脏不禁突突跳了起来。

离底部几个台阶的距离围着根铁链,上面挂着手写的指示牌:“严禁登塔”。

看到这个标志，我像离弦的箭一样冲上了石阶。

狭窄的石阶盘旋而上，每一级几乎没什么区别。我仿佛置身于鹦鹉螺里，只能看见前后几步远的距离，根本看不清前面的路，同样也无从知道后面的路。

开始时，我还一面爬台阶，一面数着台阶的级数呢。不过没过多久，我就已经气喘吁吁了，只能大口大口地呼气，维持身体的能量了。向上的台阶越来越陡，我几乎喘不上气来了。我停了下来，准备休息一会儿。

石阶每转过完整的一圈，就会从小窗里散发进些许微弱的灯光。我猜想钟塔的另一边一定是操场。没等完全休息好，我就重整旗鼓，迫不及待地继续朝上爬去了。

石阶的尽头突然出现在了我的眼前，真是出人意料，竟是一扇小木门。

木门呈半圆形，就像小矮人进出树林时穿过的木门一样，又矮又窄，上面挂着把只有万能钥匙才能打开的铁锁。不用说，这把锁肯定被锁死了。

我沮丧地呼了口气，一屁股跌坐在最上面的一级台阶上，喘着粗气。

"该死的！"我骂道。声音在石墙间回荡着，竟被放大了若干倍。

"喂，上面的人听好了！"一个空洞冰冷的声音响起，紧接着楼下传来了一阵脚步声。

"该死的！"我又骂了一遍，不过这次可没敢出声。我竟

然被人发现了。

“谁在上面?”那个声音问道。我忙捂上嘴,好抑制住答话的冲动。

手指碰到牙齿的时候,我突然想出了一个办法。爸爸对我说过,总有一天我会庆幸自己的衣服上有拉链的。他说得果然没错。终于等到了这一天。

我用拇指和食指当作一把小钳子,我使出全身力气,用牙齿去咬拉链。随着一声清脆的咔嗒声,拉链被硬生生地咬了下来,从我的嘴里落在了手上。

脚步声越来越近,直逼我藏身的地方。我用力地把拉链一头的圆环折成“L”形,然后把被我毁坏的拉链塞进了锁孔。

这事要是被爸爸知道了,我肯定得挨揍的。不过这真是没有办法的办法了。

这把旧锁的构造并不复杂,我知道自己肯定能撬开——当然,前提是时间得够用。

“谁在上面?”那个声音又传来了,“我知道你在上面,我都听到你的声音了。钟塔是不让上去的,快下来,淘小子。”

淘小子?原来他根本就没有看见我。

我来回拉动着拉链,再把它扭向左边。锁芯好像早上刚上过油似的,一下子就弹开了。我打开门,闪了进去,然后在身后悄悄地关上了门。已经没时间把门从里面锁上了。再说了,没准儿上来的人随身携带着钥匙呢。

窗户只延伸到了最上面的石阶处,从窗户透进来的光线照不到这里,里面像个煤窑一样漆黑一片。那个人在门口停住了脚步。我悄无声息地溜到了一侧,把身子紧紧地贴到了石墙上。

"谁在上面?"那个男人又吼了起来,"谁啊?"他把钥匙伸进了锁眼,弹簧锁咔嗒响了一声,门马上就被打开了。他把头探进了门缝里。

他挥舞着手电筒四处扫射着,光线照亮了盘旋而上的扶梯。他依次照了每级扶梯,直到最后消失在顶部的黑暗中。

我一动不动地站在原地,眼睛都不敢眨一下。透过眼角的余光,我能看到门口那个男人的影像:满头白发,胡须蓬乱。他站的地方离我很近,我只要一伸手就能够到他。

他停了一小会儿,不过这段时间对我来说却仿若一个世纪。

"又是那些该死的耗子。"最后他自言自语地说道,把门砰的一声关上了,只留下了黑暗中的我。随着一串钥匙发出的叮当声,门被锁上了。

我被锁在了外面。

我想我应该大叫一声,但最终还是没有叫出来。我已经黔驴技穷,不知所措了。不过实际上,我却开始自娱自乐了起来。

我心里清楚得很，我可以再把锁撬开，悄悄地溜下楼梯。不过要是那样的话，我就很可能一头扎进管理员的掌心里。

既然不能一直待在这儿，就只能往上爬了。我像梦游一样，伸出双臂，一步一探地慢慢朝前走去。最后，我的手指终于碰到了刚才被手电筒照亮的离我最近的一级扶梯——我沿着扶梯向上爬去。

在黑暗中爬扶梯可一点也不好玩，总觉得脚下就是无底深渊一样。我一点一点向上爬，眼睛逐渐适应了黑暗。借着墙缝里透出的微弱光线，我发现自己竟能辨认出扶梯的大致轮廓了，它一直延伸至钟塔发出的昏暗光线中。

突然到了扶梯尽头，我发现自己就像身处甲板的水手一样，站在一个狭小的木头平台上，左手边有部扶梯向上通往黑暗处。

我使劲儿摇了摇扶梯，梯子发出了可怕的嘎吱声，不过看上去还很牢固。我深吸了一口气，朝上爬去。

用了一分钟左右的时间，我就到了扶梯的顶端，那里也是个平台，比刚才那个更小更不稳固。平台边上也有一部扶梯，只是更窄更细。我把脚放上去开始慢慢地往上爬，扶梯剧烈地摇晃着。爬到半路，我开始数起扶梯的级数来：

“十（大约是第十级吧）……十一……十二……十三……”

突然，我的头不知道撞到了什么，顿时眼冒金星，头晕眼花。我使劲儿抓住扶梯的横档，细长的横档剧烈地晃动着。我的头痛得要炸了，就像被人把头皮撕开了一样。

我抬起一只手，朝头顶上摸了摸，想知道是什么东西，手指正好碰到了一个木头把手。我使出全部力气，往上一推，头顶上的活板门被推开了。

转瞬之间，我就爬到了钟塔顶层。突如其来的阳光照得我几乎睁不开眼睛。塔顶中央是个正方形平台，四角各有一个石板瓦优美地向外延展出去。

外面的景色简直是太优美了。操场对面，礼堂周围青草翠绿，绿树成荫，一望无际。

我朝栏杆靠过去，因为眼睛还有点花，险些丢了性命。

我的脚边突然出现了一个大裂缝，我举起手臂平衡着自己的身体，踉踉跄跄地在边缘站住了，总算没有掉下去。我看了一眼下面在阳光的照射下闪着黑光的碎石路面，突然感到眩晕起来。

裂缝宽约十八英寸[①]，边缘有大约半英寸[②]高的唇状突起。在突出的栏杆与屋顶之间每隔十英尺[③]左右就有一个这样的裂缝，中间用石板隔着。这样的设计显然是为了应付百年一遇的大雨。有了这些裂缝，积水就能及时排出去了。

---

① 18 英寸 =0.457 2 米。

② 半英寸是 1.27 厘米。

③ 10 英尺 =3.048 米。

我小心翼翼地跳过裂缝，站在齐腰高的栏杆旁，向下看去。楼下操场上的绿草朝着三个方向蔓延开来。

碎石路紧贴着教学楼的墙根，站在突出的栏杆处是看不见的。真是件怪事啊！我暗自思忖。如果特文宁先生是跨过栏杆跳下去的，应该跌落在草地上才对啊。

当然了，要是特文宁先生自杀后的这三十年里，操场的景观发生了翻天覆地的变化的话，那就另当别论了。我又胆战心惊地回头从裂缝处向下看了一眼，下面的碎石路和路边的椴树应该有些年头了，显然刚才的推断并不成立。毫无疑问，特文宁先生是从裂缝处掉下去的。

身后突然传来了一阵嘈杂声，我忙转过身，竟看到塔顶中央的绞刑架上挂着一具尸体。我拼命克制着自己，才没有叫出声来。

这具尸体和我在《纽盖特监狱大事记》里看到的被捆绑的劫匪尸体一样，在风中舞动翻转着。接着，在没有任何预警的情况下，它的肚子突然炸开了，内脏飞跃而出，出现了一道红、白、蓝三色扭曲的彩带。

随着“噼啪”一声巨响，彩带被展开了。我头顶上方的旗杆处马上出现了一面英国米字旗，迎风飘舞着。

我从惊恐中反应过来，才发现国旗是机械操纵的，能够自由升降，没准儿控制装置就安放在传达室里呢。这套装置设计独特，可以通过调节滑轮和缆绳来操纵防水帆布包。我刚才正是把这套装置误看成尸体和绞刑架了。

想想自己刚才的小蠢样，我不禁咧嘴傻笑了起来。我小心翼翼地靠近那套装置，想看个究竟。对于它巧妙的机械设计，我倒是兴趣盎然，至于别的就没什么可看的了。

我刚转过身，朝裂缝方向走去，就被绊了一跤，扑倒在地，头正好从裂缝上探了出去。

这要是摔下去，可能就粉身碎骨了。我一动都不敢动。下面的碎石路似乎离我十万八千里，两个蚂蚁般的身影从教学楼里走了出来，朝操场走去。

我的第一反应是我还活着。但是惊恐逐渐消失时，愤怒就随之而来：我怎么就这么愚蠢，这么笨拙呢，自己的命运竟被一个无形的女巫操纵着，想想这些我就怒发冲冠。真是屋漏偏逢连夜雨，先是门被锁上了，现在小腿和胳膊也擦破了皮。

我慢慢地爬了起来，抖了抖身上的尘土。衣服被弄脏了，左脚的鞋底也脱落了一半，我还得想办法撕下来。回头看看，摔倒的原因显而易见：我被突出的石板边缘绊了一下，整个石板都被掀了起来，此刻正像摩西颁布十诫时的那个石版一样平躺在教学楼顶上呢。

我想还是把石板安好吧。否则雨水会倾泻下去，把教学楼里的老师和学生弄得非常狼狈的。那样，我又逃脱不了责任了。

石板比想象的要重一些。我只能双膝跪地，才能把石板挪回到原来的位置。不知道是因为石板在脱落时改变了

方向，还是因为石板边缘发生了脱落，总之，我怎么也没办法把它正正好好放回原处。

当然，我可以轻而易举地把整只手伸到那个凹槽里，看看里面是不是被东西堵上了——但我马上就意识到，这种地方通常会是蜘蛛和蝎子的藏身之所，所以没敢把整只手全伸进去。

我闭上眼睛，把手指探了进去，在凹槽背侧碰到了软绵绵的东西。

我忙把手抽回来，俯身弯腰向里面张望着。里面一片黑暗，什么都看不见。

我又小心翼翼地把手指伸了进去，用食指和拇指夹住了凹槽背侧的东西。

几乎没费什么力气，我就把那个东西拿了出来。如同飘扬在我头顶的旗帜一样，那个东西慢慢伸展开来。原来是件褪色的黑衣服——我觉得应该是罗素绒——都发霉了。这是男教员的制服，里面紧紧包着一顶破碎的、无法修复的黑色平顶学士帽。

我马上明白了，我手里的这些东西肯定和特文宁先生的死密切相关。它们在这一悲剧中到底扮演着什么样的角色呢？我一定会找到答案的。

我知道应该把这些东西放回去，找到最近的一部电话，把休伊特警长找来。但是，我脑海中闪过的第一个念头却是：怎样在不被人发现的情况下，从格雷敏斯特中学逃走。

身处困境时，往往会马上找到解决问题的办法。这次也不例外。

我穿上发霉的教员制服，摆正学士帽，像只巨大的黑色蝙蝠一样，挥着袖子缓慢而谨慎地走下摇摇晃晃的扶梯，来到那扇被管理员锁上的门处。

刚才，我用衣服上的拉链改装的小钩子打开了门，现在希望这个办法也能奏效。我把钩子塞进锁孔，暗暗向掌管万物的上帝做了个祈祷。

经过几次来回拉动，又对钩子调整了弯度，祈祷终于应验了。锁芯发出沉闷的响声，弹了开来。

我快步走下楼梯，在楼底下的门后凝神静听，然后透过门缝观察着走廊里的动静。这个地方一点动静都没有。

我推开门，悄声溜进走廊，旋风般地穿过画廊，越过空无一人的传达室，走出教学楼，沐浴在灿烂的阳光下。

校园里到处都是男生——至少看着如此——有的在讲话，有的在溜达，还有的在放声大笑。大家都在为即将到来的假期而兴奋。

我本想藏在那套衣帽里，像螃蟹一样偷偷摸摸地穿过操场。会有人注意我吗？要是那么干，肯定会有人注意到我的。在这些如狼似虎的男孩儿当中，我就像鹿群后面受伤的驯鹿一样显眼。

不能这样！我应该挺直腰杆，像个迟到的跨栏男孩儿一样，昂首阔步，直奔路口。只要大家看不到制服里面的那

条裙子，我就大功告成了。

幸好没人发现我的真实身份，他们最多也就是瞅我一眼。

我离操场越远，就越觉得安全。不过我清楚地知道，在空旷的地方，孤零零的我会更加招人怀疑。

在我前方的几英尺处，一棵古老的橡树从草坪上拔地而起，仿佛从罗宾汉时代就一直在这里休养生息着。我伸出手，碰到了树干（哈哈哈，大功告成了），这时突然从树干后面伸出来一只手臂，抓住了我的手腕。

“哎哟！放开我！你弄疼我了！”我不由得尖叫起来，我的胳膊马上被松开了。我忙探过身，面对着攻击者。

原来是格雷夫斯警官，他看上去完全和我一样，很是吃惊。

“好，好，”他慢慢咧开嘴笑了，“好，好，好啊。”

我本想反唇相讥，不过转念一想，还是算了吧。我知道格雷夫斯警官挺喜欢我的，说不定我还需要他帮忙呢。

“警长想让你过去一下。”他指着站在格拉迪斯旁边议论纷纷的一群人对我说道。

格雷夫斯警官没再说什么。等我们走近时，他轻轻把我拥在身前，朝休伊特警长推去，那感觉就像是一条小狗把死耗子送到主人面前邀功一样。扯掉一半的鞋底呼扇着，我简直和查理·卓别林扮演的流浪汉没什么区别。警长显然注意到了鞋底的异样，不过他倒是很替我着想，没有直说出来。

伍尔默警官像铁塔似的站在沃克斯豪尔厢式轿车旁，他脸庞宽阔，轮廓分明，像马特峰[①]一样庞大。伍尔默警官的阴影下，站着一位身材粗壮，皮肤黝黑，穿着工作服的人，还有一个胡须花白，干瘪矮小的老头。老头一看见我，就伸手胡乱比画了起来。

"就是他！"他嚷嚷道，"闯进教学楼的就是这个人。"

"你能确定吗？"休伊特警长像个恭敬的侍从一样，帮我摘下了帽子，脱了制服，问道。

老头吃惊地瞪着那双淡蓝色的眼睛，眼珠都快要从眼窝子里跳出来了。

"怎么是个女孩儿！"他叫道。

我真该给他个耳光，好让他清醒清醒。

"啊，就是她。"皮肤黝黑的男人说道。

"拉格尔斯先生有充分的理由认为你上过钟塔。"警长一边说，一边向白胡子老头点了点头。

"如果我上去了，那又怎样？"我反问道，"不过是随便看看而已。"

"任何人未经允许都不能登上那座钟塔！"老头大声说道，"上面有个标志写着'严禁登塔'，难道你没看见吗？"

我向他优雅地耸了耸肩。

"要早知道是女孩儿的话，我就跟着爬上去了。"接着老

---

① 马特峰：阿尔卑斯山系最著名的山脉之一，高 4 478 米，地跨瑞士和意大利之间的边界，位于瑞士采尔马特(Zermatt)村西南 10 千米处。

头又对身边的警长说道，“我这把老骨头可大不如从前了。”

“我知道你在上面！”他不依不饶地说道，“所以才找警察来的。别装得很无辜的样子，那把锁是你撬开的吧？锁是我管的，它锁上了，这一点我再清楚不过了。”

“真没想到，竟是个女孩儿干的！啧啧！”他难以置信地摇着脑袋。

“锁是你撬开的，没错吧？”休伊特警长问道。虽然他装得一副若无其事的样子，不过看得出来还是很吃惊的。“你是在哪儿学到这套把戏的？”

这个我自然是不能告诉他的。得不惜一切代价保护老道格尔呢。

“很久很久以前，在一个遥远的地方。”我油腔滑调地说道。

警长冷漠地凝视着我。“弗拉维亚，也许有人会满意于你的回答，不过别指望我相信你的鬼话。”

我还以为，休伊特警长又会搬来那套陈词滥调，说“乔治六世国王可不好糊弄”呢。不过这次，他却只是静静地等待着我的答复，一副不达目的誓不罢休的姿态。

“在巴克肖也没什么事做，”我编出一套谎话来，“所以，有时候我就会搞点什么事来排解无聊。”

警长拿出那套黑色制服和帽子。“你穿上这套戏服，也是为了排解无聊吗？”

“这可不是戏服，”我说，“您要是非得知道，我就告诉

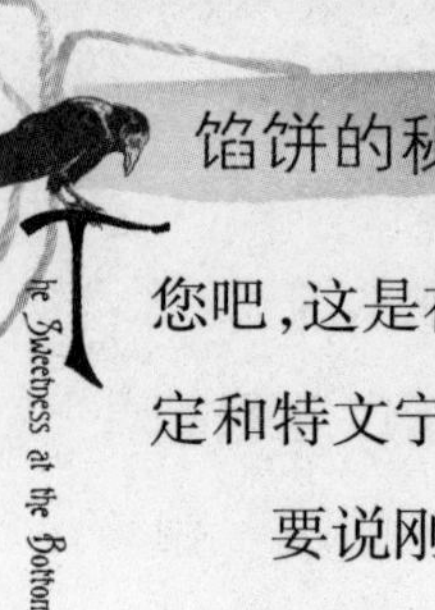

您吧，这是在塔顶一块松动的石板下发现的。这些东西肯定和特文宁先生的死有关，这一点我敢保证。"

要说刚才，拉格尔斯先生的眼珠都快从眼窝里跳出来了，那么现在，整个眼睛都要从脑袋上蹦出来了。

"特文宁先生?"拉格尔斯先生说道，"从塔上跳下来的那个特文宁先生?"

"特文宁先生不是跳下来的，"我忍不住想报复一下这个邋遢的小老头，"他是……"

"谢谢你，弗拉维亚，"休伊特警长打断了我的话，"你说得够多了。拉格尔斯先生，我们不能再占用你的时间了，我知道你是个大忙人。"

老头不禁沾沾自喜起来，他对警长点了下头，又傲慢地朝我笑了笑，然后穿过草地，朝传达室走去。

"普拉沃先生，谢谢你报案。"警长转过身，面对那个一直默默站在旁边的穿工作服的男人说道。

普拉沃先生拽了下刘海儿，一言不发，朝拖拉机走去。

"公立学校就像城市的缩影，"警长挥挥手，说道，"你刚走上车道，普拉沃先生就盯上你了。他马上跑到了传达室，告诉了拉格尔斯。"

这个该死的家伙！还有那个该死的老浑蛋拉格尔斯！等我回家，一定得记着给他俩分别寄上一瓶掺了毒药的柠檬水，好让他俩知道我的感觉还不错。这个季节银莲花已经凋谢了，要不送他俩点银莲花也不错。银莲花是银莲花

属植物,剧毒,并不常见,但只要知道它生长的环境,就不难找到。

休伊特警长把制服和帽子交给了格雷夫斯警官。格雷夫斯警官早已从工具包里拿出了几张薄页纸。

“真是太好了,”格雷夫斯警官说,“这么一来,我们就不用在屋顶上钻来钻去了。”

休伊特警长瞪了他一眼,目光犀利得能止住脱缰的野马。

“长官,对不起。”格雷夫斯警官马上包起衣帽,脸却红了。

“请你详细地把找到这些东西的经过告诉我。”休伊特警长仿佛什么事情也未曾发生一样,若无其事地说道,“不要遗漏任何细节——也别添枝加叶。”

警长一边听我叙述,一边快速地写下了那些蝇头小字。吃早饭时,我经常偷看坐在对面的菲莉写日记,所以对于倒看文字一直很拿手。不过警长的字像是纸上到处乱爬的蚂蚁,我根本就认不出来。

我把所有细节都告诉了他:我爬上摇摇欲坠的扶梯,在塔顶绊到了松动的石板,摔了一跤,差点丢了小命,在石板凹槽处发现了衣帽。我甚至把怎么逃出来的,都告诉了他。

交代完后,我看见他在刚做的记录旁边写了几个字母,不过具体写的是什么,我就不知道了。

警长合上笔记本,兴奋地说道:“弗拉维亚,谢谢你,这

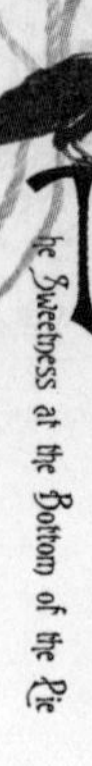

回可多亏了你了。”

好吧，至少他还知道向我表达谢意。我满怀期待地站在原地，等着他下面的举动。

“恐怕乔治国王没那么多钱，让我一天之内两次送你回家，”警长说道，“我们改天再见吧。”

“要不要我给你们带点茶？”我问道。

他稳稳地站在草地上，从脸上的表情看不出他在想什么。一会儿工夫，我已经骑着格拉迪斯上了路，将休伊特警长和他的“那些同类”——达菲会这么形容警长的手下——远远地抛在了身后。

我还没骑上四分之一英里远，沃克斯豪尔厢式轿车就赶了上来，超过了我。汽车经过时，我发狂地挥着手，不过车里的那些人却都是一副冷漠的嘴脸，没理睬我。

超越我一百多英尺后，车尾的刹车灯亮了，轿车停在了路边。我经过时，警长把车窗摇了下来。

“我们送你回家吧，格雷夫斯警官会帮你把自行车放在行李箱里。”

“难道乔治国王改变了主意，警长？”我傲慢地问道。

警长的脸上露出一副我以前从未见过的表情，估计应该是担忧吧。

“没有，”警长说道，“乔治国王才不会改变主意呢，不过我改变了主意。”

19

不出所料，晚上我睡得简直一塌糊涂。我梦见带着紫罗兰香味的瓢泼大雨打在钟塔和陡峭的岩壁上。一个脸色苍白的女子穿着伊丽莎白时代的裙子站在我床边，在我耳边低语，说丧钟马上就要敲响了。一个穿着油布外衣的老水手坐在木桩上，用锥子补着渔网。远处的海面上方，有架小飞机正朝夕阳飞去。

我醒来时，太阳已经升起来了。我感冒了，不停地打着喷嚏，还没等到下楼吃早饭的时间，我就用完了抽屉里的所有手绢，还浪费了一条不错的浴巾。不用说，我现在的心情一点也不好。

“别靠近我。”我抽着鼻子，磕磕绊绊地朝餐桌尽头走去时，菲莉忙说道。

“老巫婆，去死吧。”我用食指画了个十字，诅咒道。

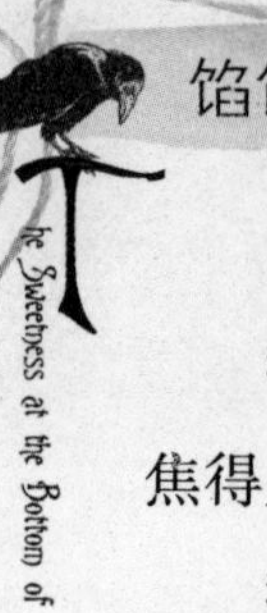

“弗拉维亚！”

我拿过麦片粥，用手里吐司的一头轻轻拨动着。吐司焦得几乎无法下咽，连麦片粥都稠得像硬纸板一样。

我突然一阵眩晕，意识像剪接的影片一样断了条，我趴在桌子上睡着了。

“怎么回事？”我隐约听到菲莉在问，“你还好吧？”

“她不过是‘睡眠不足，昨日寻欢作乐的结果’。”达菲说。

达菲最近正在读鲍沃尔·李顿的《佩勒姆》，每天晚上睡前都会在床上读几页。所以，这段时间，每天吃早饭时，我们都得被迫听点书上生硬、晦涩，类似散文体的内容。

刚才的话就是从书里引用的。我回忆着书里的其他内容，这时菲莉突然从桌边跳了起来。

“我的天啊！”菲莉惊叫道，迅速把裹尸布般的长裙放了下来，“那个人到底是谁？”

落地玻璃门外是一个人的轮廓，他正拢着手，朝里窥探着我们。

“是那个游历乡间的作家彭伯顿。”我说。

菲莉尖叫着跑上了楼。我知道她会马上穿上那件蓝色紧身套装，用粉饼擦去脸上的污垢，从楼上飘然而下，仿若自己变成了美女演员奥利维娅·德·哈维兰一样。只要有陌生人来到巴克肖，她就会重演一次上面的情节。

达菲则无动于衷地抬头看了一眼，然后又继续读起书来。与往常一样，接待客人的任务又落在了我身上。

“早上好，弗拉维亚。”彭伯顿笑着说，“昨晚睡得好吗?”

昨晚睡得好吗？这是什么问题啊？我全身乏力，睡眼惺忪，头发和鸡窝一样，鼻涕都成河了。难不成询问别人睡得怎么样是习惯性的礼节？这个我还真不确定。我得查查《比顿女士礼仪集》。去年过生日的时候，菲莉给过我一本，不过早被我垫在床腿下了。

“还凑合吧，”我说，“感冒了。”

“真是太不幸了。我本想找你爸爸问问有关巴克肖的情况。我不想惹人嫌，不过我的时间实在是不多了。因为战争的缘故，在外住宿的花销实在是太大了，连‘公鸭十三’这种简陋的小店费用也大得惊人。谁也不愿意哭穷，不过我这种穷书生能吃饱就不错了。”

“您吃过早饭了吗，彭伯顿先生?”我问道，“马利特夫人能给您做点吃的。”

“真是太谢谢你了，弗拉维亚，”彭伯顿说，“不过店老板斯托克先生给我准备的挺丰盛的，两根香肠、一个鸡蛋。要是再吃下去，衣服纽扣就扣不住了。”

我不大清楚该如何面对现在的状况，感冒让我变得很暴躁。

“也许我可以回答您的问题，”停顿了一小下，我说，

“爸爸被扣留在……”

对，就这样办！我马上想到了该怎么说。弗拉维亚，你真是只狡猾的小狐狸！

“爸爸被扣留在城里了。”

“是吗？那我估计你对我要问的那些棘手问题也不会感兴趣的：就是诸如排水系统和圈地法案类的问题。我准备把19世纪安东尼·德卢斯和威廉·德卢斯对巴克肖的格局所做的更改总结一下，作为附录放在书里，就命名为《‘分隔的大宅’背后的故事》。”

“我听说过从附录中删除内容，”我不假思索，脱口而出，“增加内容倒是第一次听说。”

虽然还流着鼻涕，不过我还是能尽量控制住。不争气的是，我竟打了个大喷嚏。

“我能进屋随便看看，做点记录吗？我不会打扰到任何人的。”

我正在考虑怎么礼节性地拒绝他，就听到远处传来了机器的轰鸣声。道格尔开着那辆破旧的拖拉机出现在路尽头的树林里，正把一车肥料送往花园。彭伯顿先生马上注意到了我在往他身后看，也转过身去想看个究竟。他看到道格尔开着拖拉机朝我们驶来，亲切地挥了挥手。

“他就是那个忠心耿耿的老家仆道格尔吧？”

道格尔踩下刹车，四处望了望，想弄明白彭伯顿在跟谁招手。他没看见别人，于是举起帽子，像是在打招呼，又挠

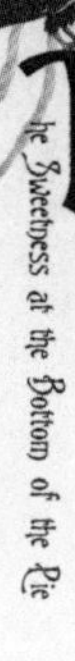

了挠脑袋。他从驾驶座上跳了下来,步履蹒跚地穿过草地,朝我们走来。

“你听我说,弗拉维亚,”彭伯顿看了看手表,“我快迟到了,我和我的出版人约好去内勒伊顿考察一座古墓。那座墓非常罕见,门把手都露出来了,栏杆非常奇特。我的出版人对古墓颇有研究,已经出版了《卡灵顿古墓寻踪》,我可不能爽约。如果今天的考察能有收获,那么即将出版的《彭伯顿古墓雕刻》一书的分量就会更重了。”

彭伯顿拿起背包,走下台阶,在大宅拐角处停了下来,闭上眼睛,尽情地呼吸着早晨清新的空气。

“替我向德卢斯上校问个好。”他说完就走了。

道格尔晃晃悠悠地走上台阶,好像昨晚压根儿没睡似的。“弗拉维亚,家里来客人了吗?”他脱掉帽子,用袖子擦了擦额头。

“是彭伯顿先生,”我答道,“他正在写一本有关乡村建筑和古墓方面的书,希望就巴克肖的事和爸爸谈谈。”

“我想我应该没听说过这个名字,”道格尔说,“我平时也不看什么书。不过,弗拉维亚小姐……”

我知道他会对我进行一番说教的,给我讲些毛骨悚然的例子,让我不要和陌生人说话。但事实并非如此。他什么也没说,只是用食指摸了摸帽檐。我们像两只奶牛一样,视线越过草地,遥望着远方。可爱的老道格尔就是这样潜移默化地把学问传给你的。这也许就是他的育人之道吧。

比如说，有一天，他"发作"时不知道把钥匙放在了什么地方，就在花盆里找到了一把废弃的叉子，用力把叉子头折歪，把花房的门打开了。撬锁的方法就是那天从道格尔那儿学来的。

当时，他的手抖得厉害。每次看到道格尔这样，我都会觉得要是伸手碰到他，肯定会被电死。尽管如此，我还是向他伸出了援手。过了一会儿，他就把撬锁的诀窍全都教给我了。

"撬锁其实挺容易的，弗拉维亚小姐。"我试了三次还没成功，失去了耐性时，他对我说道，"只要在心里记住扭动、张力和坚持这三个词就够了。想象自己住在锁里，聆听指尖的声音。"

"这招儿你是在哪儿学会的？"锁被打开后，我惊奇地问他。只要掌握诀窍，事情就变得轻而易举。

"很久很久以前，在一个遥远的地方。"也许是不想让我继续问下去了吧，道格尔说完就走进花房忙活了起来。

阳光透过窗户，洒满了实验室，我的思维却好像还没恢复过来，满脑子都在想着特文宁先生和博恩佩尼·贺瑞斯的死。我翻来覆去地琢磨着爸爸和我说过的那些话，还有我自己推断出来的那些结论。

我在教学楼屋顶石板下发现的制服和帽子到底代表着什么含义？它们是谁的？为什么会藏在那里？

爸爸说特文宁先生跳楼自杀时穿的是自己的黑色教师

制服,《辛利记事报》也对此事进行过记载。不可能两个说的都是错的。

还有,国王陛下和凯尔西博士所拥有的两枚“爱尔兰复仇者”的失窃事件,也存在着诸多疑点。

那么,凯尔西博士现在在哪儿呢?蒙特乔伊小姐能知道吗?她好像无所不知。凯尔西博士还活着吗?估计可能性不大。毕竟他的宝贝化为乌有至今已经三十个年头了。

我的神志和大脑都不太清楚了,思维一片混乱,鼻子也塞得厉害,还直流眼泪,头都要爆开了。我得清醒一下头脑。

这都是我自己的错:我不应该让脚着凉。马利特夫人总是说:“脚暖和点,头凉快点,就不会躺在床上流鼻涕了。”既然已经感冒了,那就只能求助于一样东西了,于是我磕磕绊绊地走到楼下的厨房。马利特夫人果然在里面忙着做糕点呢。

“亲爱的,你流鼻涕了,”马利特夫人正在擀面,连头都没顾得上抬,“我给你准备一碗鸡汤吧。”她的感知能力真是超群啊。

说到“鸡汤”时,她刻意压低了声音,还鬼鬼祟祟地扭头向后看了看。

“我给你煮碗热鸡汤,”她说,“这可是雅各布森夫人在妇女联合会的茶会上教给我的秘密。那次茶会她做东,这只铁公鸡总算拔毛了。你可记住了,我可什么也没说啊。”

除了那些闲言碎语外，马利特夫人的另一个兴趣就是桉树了。她非让道格尔在花房里为她种上一棵桉树，并折下树枝作为避邪物藏在巴克肖的各个地方，认为这样就不会有人伤风感冒了。

“家有桉树，感冒不来。”她经常得意扬扬地说。不过话又说回来，这句话貌似真有几分道理。自从她神秘兮兮地把桉树的绿色树枝藏在屋子里的各个角落后，家里还真就没人流过鼻涕。

不过现在看来，这个方法也会失灵。

“谢谢你，马利特夫人，不用麻烦了，”我说，“我刚刷过牙。”

这自然是句谎言，不过情急之下我也只能想到这个了。这么说不仅能表明自己对感冒的大无畏精神，还会大大地美化爱干净的个人形象，真是一举两得。走出厨房的时候，我顺手从食品室拿了一个标有“帕廷顿鸡精”的小瓶子，里面盛满了黄色的颗粒。在走廊的壁灯里，我又随手抓了一把桉树叶。

我回到楼上的实验室，从架子上取下一瓶碳酸氢钠。碳酸氢钠俗称小苏打，为了与性质相近的碳酸氢钾区分开来，向来行事谨慎的塔尔叔祖父还特意在瓶子外面的标贴上分别注明了“钠”和“钾”字。碳酸氢钠对胃肠疾病有一定的治愈功效，而碳酸氢钾只能在家用灭火器里找到。

我知道，碳酸氢钠的化学式是 $NaHCO_3$，农民们常称其

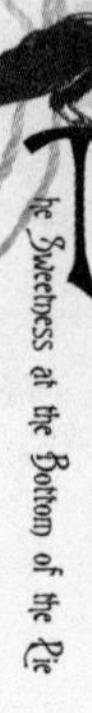

为发酵粉。我也忘了是从哪儿听说的，他们还认为大剂量的碱盐能治好最严重的一般性感冒呢。

这个化学发现可真是不错。既然碱盐能治感冒，鸡汤也能治感冒，要是把这两样东西放在一起加热，岂不是具有极强的抗感冒能力？我不禁为自己的发现吓了一跳，我终于可以申请专利了：这将是世上第一种抗感冒的特效药：德卢斯家族溶液，弗拉维亚独家秘方。

我量好八盎司饮用水，倒进广口烧杯，放在火上加热。想着自己的伟大发明，我不由得开心地哼起了小调。我又把按树叶撕成碎片放在烧瓶里，塞上瓶盖，煮沸。过了一会儿，淡黄色的油滴就出现在了蒸馏管的末端。

水沸腾后，我把烧杯从火上拿下来，放在一边晾了几分钟，又往里面放了两大匙帕廷顿鸡精和一匙碳酸氢钠。

我使劲儿晃了晃烧杯，里面的物质像火山岩浆一样喷发着，泡沫在杯口涌动着。我捏起鼻子，一口气喝下了半杯混合溶液。

多完美的鸡汤饮料啊！天啊！保佑我们这些在实验化学领域辛勤耕耘的人吧。

我打开烧瓶塞子，把用桉树叶蒸馏出来的液体和剩下来的叶片一起倒在了黄色的鸡汤里，又脱下衣服盖在头上，尽情呼吸着桉叶鸡汤冒出的热气。鼻孔一下子畅通了好多，感觉也比刚才好了很多。

门口传来了急促的敲门声，我吓得魂儿都没了。平时

很少有人会到这里来，因此不期而至的敲门声就像恐怖电影里的风琴一样令人闻风丧胆，仿佛一开门就会有好几具僵尸等着我似的。我打开门闩，道格尔出现在我面前，他像爱尔兰洗衣女一样使劲儿拧着自己的帽子。看来他又“发作”了。

我伸手握住了道格尔的手，他的手马上不抖了。我发现有时候触摸能起到话语所起不了的作用——不过我很少这么做。

“说出密码才能进来。”我把手指碰在一起，双手高举在头上。

道格尔一脸茫然地在门口站了五六分钟，下巴的肌肉才逐渐松弛了下来，几乎就要笑了。他机械地模仿着我的动作。

“话在嘴边说不出来，”他停了一下，“不过现在我想起来了，密码是‘砷’。”

“小心别吞下去，”我答道，“砷有剧毒。”

道格尔凭着意志力，拼命挤出了个笑容。这招儿我可得好好学学。

“快进来吧，伙计。”我一边说一边把门推开。

道格尔走进实验室，仿若穿越到了古代苏美尔[①]炼金术士的工作室，好奇地东张西望起来。他已经很长时间没来

---

① 苏美尔：位于巴比伦南部的世界古老文明的发源地之一。

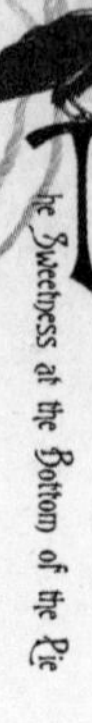

过这儿了，几乎忘了这里的一切，所以自然就很好奇。

“这么多瓶瓶罐罐啊。”他的声音有些颤抖。

我从书桌旁拉出塔尔叔祖父的温莎椅，扶着扶手，让他坐了下来。

“你先坐一会儿，我给你看样东西。”

我在一只干净的烧瓶里灌上水，把烧瓶放在铁丝网上，然后用火柴点燃了下面的本生灯。道格尔一下子盯上了燃起的火苗。

“等一下，”我说，“马上就好了。”

实验室专用玻璃器皿的最大好处就是能在片刻之间把水烧开。我在烧杯中放入了一匙茶叶，等水变成深红色后，递给了道格尔。道格尔疑惑地盯着烧杯。

“可以喝了，”我说，“是泰特利牌茶叶。”

他朝茶水表面吹着气，希望它冷却下来，他小心翼翼地抿了一口。看到道格尔喝茶，我不禁想起了人们常说的一句话：茶叶对英国人的影响比政府和王室还要大。究其原因，除了思想以外，人类和类人猿的最大区别就是喝不喝茶了——这话是主教对爸爸说的。爸爸把它转告给了菲莉，菲莉转告给了达菲，达菲又转告给了我。

“谢谢你，弗拉维亚，”道格尔说，“我现在感觉舒服多了。不过有些事我必须得告诉你。”

我靠着书桌，希望能表现得和他亲密一点。

“你尽管说吧。”我说。

“那好吧，”道格尔说道，“我知道自己时常会——我是说，有时候自己会——”

“我当然知道，道格尔，”我说，“大家都是这样的。”

“我不知道，我不记得了。这么说吧，事情是这样的，当我……”他的眼睛像屠宰场里的奶牛一样不断地转动着，“我觉得我可能对别人做了什么，但现在警察抓走了你爸爸……”

“你是说博恩佩尼·贺瑞斯？”

道格尔手一颤，烧杯掉在地上摔碎了。我慌忙抓起一块布，傻乎乎地擦起道格尔的手来，其实他的手根本就没湿。

“你对博恩佩尼·贺瑞斯了解多少？”他紧紧地抓住我的手腕，问道。要是换别人，我肯定得吓个半死。

“我对他了如指掌。”我一边说，一边掰开他的手指，“我去图书馆查过了，也和蒙特乔伊小姐谈过了，周日晚上爸爸把所有事情都告诉我了。”

“周日晚上你见过德卢斯上校了吗？在辛利吗？”

“是的，”我说，“我骑自行车去的。我不是告诉过你他很好吗？难道你忘了？”

“嗯，”道格尔摇摇头，“有时候我很健忘。”

有没有这种可能呢——道格尔在屋子或花园里碰见了博恩佩尼·贺瑞斯，在搏斗中把他杀了？会不会是误杀，还是里面另有文章？

“告诉我发生了什么事，”我说，“把你知道的事全都告诉我。”

“当时我正在睡觉，”道格尔说，“就听到了一些声响——很大的声响。我忙从床上爬起来，径直走向上校的书房。没想到却看见有人站在走廊上。”

“是我，”我说，“站在走廊上的人是我。”

“是你？”道格尔说，“站在走廊上的人是你？”

“没错，你告诉我快离开。”

“是吗？”道格尔看上去很吃惊。

“是的，你让我赶快回房睡觉去。”

“一个男人走出了书房，”道格尔不着边际地说道，“我躲在走廊的挂钟旁，他正好从我面前走过，我只要一伸手就能碰到他。”

显然，他直接跳到了我回房以后发生的事情。

“但你并没有——碰他呀。”

“那时候确实没碰他。我跟着他走进了菜园。他没看见我。我紧贴着暖房旁边的石墙。他站在黄瓜地里……吃着东西……情绪激动……自言自语……说些不堪入耳的话语……好像并没有注意到自己走进了菜地。这时，远处燃起了烟火。”

“什么烟火？”我非常惊讶。

“就是转轮烟火和冲天炮那类玩意儿，我想肯定是村子里又在举办晚宴了。现在正好是六月份，这种活动很常见。”

此言差矣！根本就没有什么晚宴，对此我确定无疑。我宁可穿上一双破网球鞋，从亚马孙河上游走到下游，也不愿错过在晚宴上大饱口福的机会。一想到岩皮饼和草莓冰激凌，我的口水都要流下来了。我对村子里的晚宴了如指掌。

“那后来呢？”我问道。照这么下去，可能得费一番功夫才能理清真相。

“我一定是睡着了，”道格尔说，“醒来以后，发现自己躺在草丛里，草上沾满了露水。我起身回房睡觉去了。我感觉不太好，一定是又发作了。这之间发生的事就记不起来了。”

“你觉得可能是在发作时，把博恩佩尼·贺瑞斯杀了吗？”

道格尔摸了下自己的后脑勺，苦闷地点了点头。

“那还能有别人吗？”他问。

“那还能有别人吗？”这句话好像在别的地方也听过吧？对了！休伊特警长审问爸爸时用的不正是这句话吗？

“道格尔，把头低下来。”我说。

“对不起，弗拉维亚小姐。我要是真杀了人，那绝对是无心的。”

“快把头低下来。”

道格尔靠在椅子上，把头伸了过来。我掀开他的衣领时，他下意识地往后缩了缩。

道格尔的脖子上，就在耳朵侧下方，一块鞋后跟形状和大小的瘀青赫然在目。我用手指碰了下，道格尔的身子也随之缩了一下。

我轻轻地吹了声口哨。

“烟火！简直是瞎说！”我说道，“道格尔，根本就没有什么烟火，这回你真的弄错了。这两天你就带着脖子上的伤到处走动吗？一定很疼吧？”

“是挺疼的，弗拉维亚小姐，不过我以前受过更严重的伤。”

我难以置信地看着他。

“我已经在镜子里瞧过了，”他又说道，“不怎么严重，还有些轻微的脑震荡——不过问题不大，很快就好了。”

我正想问他从哪儿学来的这些医学常识，他就把答案说了出来：“我记得在哪儿看过这些症状。”

我突然想起了一个更重要的问题。

“道格尔，如果你被人打昏了，又怎么杀人呢？”

他像个行将受刑的小孩儿一样，手足无措地站在那里，嘴巴张张合合了好几回，什么话也没有说出来。

“你被偷袭了！”我叫道，“有人用鞋子把你打昏了！”

“我觉得不能，小姐，”他忧伤地说，“都跟你说了，除了博恩佩尼·贺瑞斯，当时只有我在菜园里。”

20

接下来的四十五分钟，我一直在和道格尔软磨硬泡，希望他同意我在他脖子后面敷个冰袋，但他死活也不同意。最后他总算做了点让步，回房休息去了。

从窗口向外望去，我看到菲莉正四仰八叉地躺在南面草坪的一块毯子上，试着用《摄影邮报》的铜版纸把阳光反射到自己的两侧面颊上。我拿出爸爸的军用双筒望远镜，仔细地观察着她的皮肤。看够了以后，我打开笔记本，写道：

> 1950年6月6日，星期二，上午九点十五分。实验对象一切正常，实验时间九十六小时。是配方效果不显著，还是菲莉的皮肤对配方有免疫力？据说巴芬岛上的因纽特人对毒葛具有免疫力，这

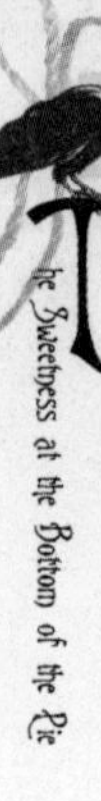

是不是意味着菲莉的皮肤也具备较强的免疫力呢？

但是我的心思并不在这上面。我满脑子都是爸爸和道格尔，根本无心去观察菲莉。我得整理一下思绪。

我翻到一张空白页，写道：

可能的嫌疑犯

爸爸：有充分的杀人动机。和死者从小就认识；死者威胁要向警方揭发爸爸的罪行，还在死前不久和爸爸进行过激烈的争吵。罪案发生时，爸爸没有不在场证明。休伊特警长已经逮捕了他，并打算用谋杀罪名控告他。由此可见，爸爸是警长的头号怀疑对象。

道格尔：颇具传奇色彩的一匹黑马。对于他的既往了解不多，但有一点可以肯定，他绝对忠诚于爸爸。道格尔偷听了爸爸和博恩佩尼的吵架内容（不过我也听到了），决定为爸爸扫除威胁。当时他处于“发作”状态，记忆模糊，会不会是在此期间杀了博恩佩尼呢？或者仅仅是无心之过？但如果是这样的话，又是谁击昏了道格尔呢？

马利特夫人：没有杀人动机。除非因为死者把死沙锥扔在厨房门口，发发恨罢了。此外，年纪太大。

达芙妮·德卢斯和奥菲莉亚·德卢斯:(早就没有悬念了)别搞笑了,小姐!这两个家伙只知道读书和照镜子,连餐盘里的蟑螂都对付不了。她们与死者素不相识,没有杀人动机。况且,听闻博恩佩尼死讯时,她俩都吃惊地张大了嘴巴。案子结了,和这两个大傻瓜压根儿不沾边。

玛丽·斯托克:有杀人动机。博恩佩尼在"公鸭十三"侵犯了她,她会不会跟踪博恩佩尼来到巴克肖,杀了他一解心头之恨呢?可能性似乎不大。

塔利·斯托克:博恩佩尼是"公鸭十三"的住客。塔利是不是听说了女儿玛丽的事,想给女儿报仇呢?还是他觉得出房费的客人比女儿的名声更重要?

内德·科珀:内德很喜欢玛丽(当然他喜欢的可不止玛丽一个)。他听说了玛丽和博恩佩尼之间的事情,想杀了博恩佩尼替玛丽泄愤。不错的杀人动机。不过没有证据表明事发当天晚上他在巴克肖。难道他在别的地方杀了博恩佩尼,再用独轮车把他推到了巴克肖?不过塔利或者玛丽也完全可以这样做啊。

蒙特乔伊小姐:杀人动机充足。她确信博恩佩尼(还有爸爸)杀了她舅舅特文宁先生。问题在

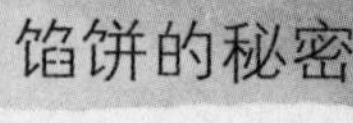

于她的年龄：很难想象蒙特乔伊小姐干得过博恩佩尼这种大块头，除非她下了毒。问题是法医确定的死因到底是什么呢？休伊特警长会告诉我吗？

休伊特警长：警务人员，正义的化身。案发时不在巴克肖，也没有明显的杀人动机。（不过他有没有上过格雷敏斯特中学呢）

伍尔默警官和格雷夫斯警官：同上。

弗兰克·彭伯顿：案发后才到的莱西教区。

麦克斯米利安·布洛克：那个老糊涂，太老了，又没有杀人动机。

我读了三遍清单，希望没有遗漏什么。接着我马上发现自己竟遗漏了一件事：博恩佩尼不是糖尿病患者吗？我在“公鸭十三”的房间里找到了装有胰岛素的小药瓶，却没有找到注射器。注射器是丢了还是被人偷走了呢？

博恩佩尼最有可能从挪威的斯塔万格坐船到泰恩河畔的纽卡斯尔港，然后坐火车到了约克，又在约克转车去了多廷斯利。在多廷斯利，他可能搭公共汽车或是打车来到了莱西教区。

据我所知，在这个过程中，他一点饭也没吃。旅店房间里发现的馅饼（就是夹着羽毛的那块）只是他暗度陈仓，把沙锥带到英国的工具而已。塔利·斯托克有没有告诉警长

他的客人在酒吧里喝过酒？肯定提到了——不过并没有提到食物。

如果博恩佩尼抵达巴克肖威胁爸爸以后，出门时经过厨房——厨房几乎是出门的必经路线——看到了放在窗台上的馅饼，会怎么样呢？他会不会是掰下一块馅饼，狼吞虎咽地吃下去，出门后就晕倒在地上了呢？马利特夫人的蛋奶馅饼对巴克肖所有人都极具杀伤力，何况我们还没有糖尿病呢。

究竟是不是马利特夫人的馅饼惹的祸呢？难道这一切只不过是愚蠢的意外吗？名单上的那些人也许都是无辜的吧？没准儿博恩佩尼不是被人杀害的呢？

不过话又说回来，弗拉维亚，如果博恩佩尼不是被人谋杀的，那休伊特警长为什么要逮捕爸爸并对他提出控诉呢？

虽然鼻涕一把泪一把的，我还是觉得刚刚喝下的那杯鸡汤见效了。我一遍又一遍地看着嫌疑犯清单，脑袋都快炸开了。

结果还是一无所获。最后我决定出去，坐在草坪上，呼吸些新鲜空气，考虑一些完全不同的事。比如说，我可以想想一氧化二氮 N_2O，就是我们常说的笑气。我觉得巴克肖和住在这里的人太需要这个了。

笑气和谋杀似乎毫不搭边，但真是这样吗？

我想到了心目中的女英雄玛丽·安妮·保尔泽·拉瓦锡。拉瓦锡夫人是化学巨匠，她的肖像和其他一些伟大化学家的肖像一起贴在卧室里的那面镜子上。画像中她的头发像热气球一样膨胀着,她丈夫丝毫不在意她糟糕的发型,崇拜地看着她。拉瓦锡夫人深知悲哀和愚蠢总是携手同行的。我记得在法国大革命期间,在拉瓦锡的实验室里,拉瓦锡夫妇用沥青和蜂蜡把助手身上的所有孔洞封好,放进一管浸漆丝,让他通过一根连接着测量仪器的吸管进行呼吸——正在拉瓦锡夫人记录测量结果的紧要时候,士兵踢开了大门,闯进了实验室,把她丈夫拖上了断头台。

我曾经把这个颇具黑色幽默的故事讲给菲莉听。

"只有住在乡下的人才需要女英雄。"菲莉对此嗤之以鼻。

即使这样,我还是一无所获,脑子里还是乱糟糟的,理不出一丝头绪。我需要找到一种催化剂,比方说化学家基尔霍夫那样的运气。有一次他把淀粉放在水里煮沸,发现没有明显变化,于是在沸水里加入了几滴硫酸溶液,淀粉竟然转化成了葡萄糖。我也重复了这个实验,想亲眼见证这个神奇的时刻,结果果然没错。尘归尘,土归土,淀粉变葡萄糖。伟大的发明往往都是机缘巧合造就的。

我回到屋里,屋子显得异常安静。我站在客厅门口,竖起耳朵聆听着里面的动静,没有菲莉的弹琴声,也没有达菲的翻书声。于是我推开了门。

客厅里没有人。我这才想起早饭时姐姐们说过要去莱西教区把各自写的信寄给爸爸来着。马利特夫人一如既往

地在厨房里忙个不停，道格尔正在楼上休息。这可能是我生平第一次独自待在巴克肖的客厅里。

我打开收音机壮胆，电子管预热后，客厅里就萦绕着轻歌剧声。这部吉尔伯特和沙利文创作的《日本天皇》是我的最爱。我曾想过，要是菲莉、达菲和我的关系能和樱樱三姐妹一样快乐逍遥，那该多好啊！

三个逃学的小姑娘，
冒失、活泼又淘气，
满腔欢喜无忧无虑，
三个逃学的小姑娘！

听着三姐妹的酣畅，我不禁露出了微笑：

万事皆是快乐的源泉。
不理睬别人怎么说，
生活只是刚开始的游戏，
三个逃学的小姑娘！

我蜷在堆满东西的椅子里，两条腿搭在扶手上垂荡着，沉浸在美妙的音乐中——听音乐时我最喜欢这种姿势了。这是几天来，我第一次白天这么放松。

我一定是打了个盹儿，或者做了个梦——具体是什么我也说不清楚——但当我清醒过来的时候，王室的刽子手高高正在唱着：

他被关在地牢里——

听到这句，我马上想起了爸爸，泪水不禁夺眶而出。现实可没有歌剧那么好玩。生活并不是刚开始的游戏，菲莉、达菲和我也不是那三个逃学的小姑娘，我们的爸爸被控诉犯了谋杀罪。我跳下椅子，准备关掉收音机，刚把手伸向开关，刽子手冷酷的歌声就从扬声器里飘了出来：

我的目标至高无上，
我要及时将它实现，
让惩罚与罪名相称——
让惩罚与罪名相称……

让惩罚与罪名相称。没错！弗拉维亚，你这个大笨蛋！以前怎么没想到呢？

如同小钢珠落入雕花玻璃花瓶一般，伴着“咔嗒”一声，我顿时豁然开朗起来。对于博恩佩尼的死因，我已经确定无疑了。

不过还有一件事（这么说吧，实际上是两件事，最多超不过三件）需要再调查一下，我就可以把事情的前因后果完

整地说给休伊特警长听了。听完我的故事，警长肯定立马就能把我爸爸放出来。

马利特夫人还在厨房里忙着做菜呢。

“夫人，”我说，“我能开诚布公地和你谈谈吗？”

她抬起头看着我，用围裙擦了擦手。

“当然可以啦，亲爱的，”她说，“我们之间不是一直很坦诚吗？”

“能和我说说道格尔的事吗？”

马利特夫人脸上的笑容凝固了。她转过身，用烹饪专用绳把鸡结结实实地捆了起来。

“现在他们做的东西可不像以前那么好了，”绳子断了，马利特夫人忙借机说道，“别说这些绳子，其他东西也一样。上周我还和阿尔夫说呢，‘你从文具店买回来的绳子——’”

“好了，马利特夫人，求求你了，”我恳求道，“有些事我得搞清楚，这是性命攸关的事！求你了！”

她像教区执事一样从眼镜上方打量着我，我第一次觉得在她面前自己还是个孩子。

“你上次告诉我，道格尔进过监狱，在里面吃过老鼠，受尽了各种折磨。”

“的确是那样的，亲爱的，”她说，“我家阿尔夫叫我别说出去。我们尽量别提这事。道格尔挺可怜的，他的神经

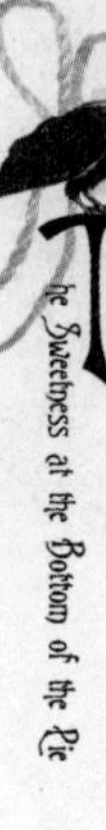

都不大正常了。"

"你是怎么知道的呢？我是说你怎么会知道监狱里的事呢？"

"是这么回事，我家阿尔夫也在军队里待过。有段时间，他和上校以及道格尔在一起服役。他不大说起那段往事。大部分从战场上回来的人都这样。我家阿尔夫总算是没病没灾地回来了，不过晚上会做些噩梦。不过去过战场的很多人可就没有这么幸运了。军队其实和兄弟会差不了多少。他们零零散散地分布在世界各地，却清楚地知道自己的战友们身在何处，也知道彼此身上发生的事。这种现象很怪异——就像有特异功能似的。"

"道格尔杀过人吗？"我直截了当地问道。

"他肯定杀过人，亲爱的。他们都杀过，毕竟军人就是干这个的。"

"我是说除了战场上的敌人外，道格尔杀过人吗？"

"道格尔救过你爸爸的命，"她答道，"而且还不止一次呢。道格尔好像是个医术精湛的勤务员什么的。据说他从你爸爸的胸膛里取出过一颗子弹，子弹的位置紧挨着心脏。道格尔为你爸爸缝合伤口时，一个刚从炮弹休克症中恢复过来的英国皇家空军男子拿刀冲了进来，想杀死帐篷里的人。道格尔了结了他。"

马利特夫人把最后一个结扎紧，用剪刀把绳子剪断。

"了结了他？"

“是的,亲爱的,了结了他。”

“你的意思是道格尔把那个人杀了,对吧?”

“后来的事,道格尔记不清楚了。杀完人,他就犯病了,所以……”

“所以爸爸觉得这一幕又发生了:道格尔为了救他的命,杀了博恩佩尼。于是爸爸承担下了所有罪名。”

“这个我还真是说不清楚,亲爱的。如果果真如此,上校的确会袒护道格尔的。”

一定是这么回事,没有别的解释了。我告诉爸爸,道格尔和我一起在书房门外偷听了他和博恩佩尼的争吵时,爸爸说的不就是这句话吗?“我担心的就是这个,真是越怕什么,越来什么。”这是爸爸的原话。

这件事很是奇怪——几乎很荒唐——和吉尔伯特和沙利文写的轻歌剧没什么两样。我本想通过揽下罪名的方式保护爸爸,而爸爸却是在为道格尔顶罪。不过要是这样,还有一个问题:那道格尔又是在保护谁呢?

“谢谢你,夫人,”我说,“我会对我们的谈话内容保密的,这可是咱们的小秘密。”

“是女人间的私房话。”她一边傻笑着,一边朝我抛了个媚眼。真是惺惺作态。

用“女人间的私房话”来形容我们的谈话也未免太夸大,太亲密,太不把杀人当回事了吧?我骨子里的劲儿又上来了,刚才马利特夫人眼中那个乖巧的弗拉维亚一下子变成了扎着辫子的复仇者。我得给这个天天磨磨叽叽,就知道做馅饼的讨厌老太婆泼泼冷水。

"没错,"我说,"是女人间的私房话。既然是私房话,我不妨告诉你,巴克肖没人喜欢吃你做的蛋奶馅饼。事实上,一看到它,我们就会反胃。"

"哎呀,我早就知道了。"她说。

"你知道?"我着实很吃惊,嘴里只蹦出了这三个字。

"我当然知道啦。厨子是无所不知的,我也不例外啊。哈莉特小姐还在世的时候,我就知道德卢斯家人和馅饼不合。"

"那你……"

"我为什么还做?因为阿尔夫动不动就想吃我做的好吃的馅饼。哈莉特小姐和我说过,'夫人,德卢斯家的人都很狂妄自大,你们家的阿尔夫就很温和亲切,吃个蛋奶馅饼就满足了。我希望你每隔一段时间就做个蛋奶馅饼,让我们这些人想起自己的目中无人。要是我们对馅饼不屑一顾的话,你就把馅饼带回家给你的阿尔夫吃,就算是弥补一下阿尔夫了。'老实说,这二十多年来,我还真是带了不少馅饼给阿尔夫吃呢。"

"那以后你用不着这么做了。"我说完脚底抹油,赶快溜之大吉。

21

我在走廊里停下了脚步，一动不动地聆听着屋里的动静。巴克肖是木质地板和硬木隔板墙，传声效果和皇家阿尔伯特音乐厅[①]一样好。即使一点声音也没有，巴克肖的宁静也和其他地方截然不同。我对那种宁静再熟悉不过了。

我轻轻地拿起电话，按下了一串数字。“我想往多廷斯利打个长途电话。很抱歉我不知道电话号码，不过我要找的是家旅店，就是‘红狐’或‘林·法奈尔’之类的吧。我忘了具体的名字，不过我觉得里面应该有‘R’和‘F’两个字母。”

“请您稍等片刻。”电话那头传来厌倦却果断的声音。

① 皇家阿尔伯特音乐厅：Royal Albert Hall，一个位于英国伦敦西敏市区骑士桥的艺术地标，该音乐厅众所周知的活动是自1941年以来一年一度的夏季逍遥音乐会。

估计要查这样一个地方应该不会太难。虽说不知道具体的名字,但多廷斯利火车站对面那家旅店就标着"RF"两个字母。毕竟多廷斯利也不是什么大地方。

"我这儿的列表上只有'格雷普斯'和'快乐车夫'两家旅店。"

"就是它,"我忙说道,"就是'快乐车夫'。"

"RF"一定是从我的潜意识中蹦出来的,因为这两家旅店的名字里压根儿就没有这两个字母。

"电话号码是多廷斯利二三,"那个声音说道,"仅供参考。"

"谢谢你。"电话另一头响起了"嘀嘀"的声音。

"多廷斯利二三,快乐车夫。你好,我是克利弗。"估计克利弗是"快乐车夫"的老板。

"你好,我想和彭伯顿先生谈谈,我找他有急事。"

我早就发现了,只要装成紧急的样子,任何障碍——哪怕只是潜在的障碍——都会被扫除的。

"他现在不在这里。"克利弗说。

"哦,天哪,"我故意加重了语气,"真是太遗憾了。能告诉我他是什么时候离开的吗?也许这样我就知道该什么时候找他了。"

弗拉维亚,你这能扯的劲儿,长大以后真该去从政啊。

"他周六早晨走的,三天了。"

"哦,多谢了!"我故意把声音弄得嘶哑些,希望能瞒天过海,"你真是太好了。"

我挂上电话，轻轻把话筒放了回去，唯恐弄出一点动静来。

“你知道自己在干什么吗？”身后传来一个低沉的声音。

我忙转过身，发现菲莉站在我身后，用围脖蒙住了下半边脸。

“你在干什么呢？”她又问了一遍，“你清楚得很，不能随便使用电话的。”

“你又在做什么呢？”我故意转换了话题，“是去滑雪吗？”

菲莉一把抓住我，脸上的围脖顺势落了下来，露出了两片红肿的嘴唇。真是名副其实的香肠嘴啊！

我着实很惊讶，竟然没有笑出来。看来我在她的口红里掺入的毒葛终于起了作用，菲莉的嘴唇周围起了一圈水疱，简直连波波卡特佩特火山[①]都相形见绌啊。最终实验大获成功，我又可以好好吹嘘一下啦。

讨厌的是，我现在可没有时间把实验结果记下来，我的笔记本只能再等等了。

麦克斯米利安没精打采地坐在市场的石槽上，两条小腿像小矮人一样在空中悬荡着。他的个子实在是太小了，我差点没看着他。

---

① 波波卡特佩特火山：Popocatépetl，也称为烟峰，位于墨西哥境内，是境内第二高山，仅次于奥里萨巴火山。波波卡特佩特火山是世界上最活跃的火山之一。

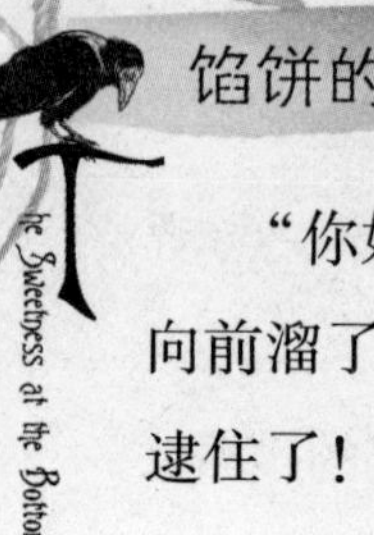

“你好啊，弗拉维亚。”他见到我就大声喊道。格拉迪斯向前溜了几步，停在了麦克斯米利安前面。真讨厌，又被他逮住了！不过这次我可得好好抓住这个机会。

“你好啊，麦克斯，”我说，“我正想问你个问题呢。”

“哈哈！”他开心地笑了，“这就对了！问我个问题！这次怎么这样直接呢？不谈谈你的姐姐们吗？不聊聊世界著名的音乐厅了吗？”

“不了，”我有点尴尬，“我在收音机里听了《日本天皇》。”

“感觉怎么样？很震撼吧？他们就喜欢播放吉尔伯特与沙利文的作品。”

“很有启发性。”我忙迎合道。

“啊哈！你一定要告诉我哪一段音乐给你带来了这么大的感触。吉尔伯特和沙利文在我们这个王权制约的国度里写下了许多美妙的乐曲，比如说《失落的和弦》，我对他们简直是太痴迷了。你知道吗？他们最后竟然会为一块地毯的价格反目成仇。”

我凑过去，仔细观察了一下，想知道他是不是在涮我，不过他看上去挺正经的。

“当然啦，亲爱的弗拉维亚，我真想从你嘴里打听点最近巴克肖那些不幸事件的真相。不过我知道你是个谦逊、忠诚、知书达理的小姑娘，绝对不会把那些事情告诉外人的。我说得没错吧？”

我点了点头。

“那你想问什么问题呢?”

“你在格雷敏斯特中学读过书吗?”

麦克斯像只小黄雀一样“扑哧”地笑了。“亲爱的,没有,我怎么可能在那么高贵的地方读书呢。我的学生时代是在欧洲大陆度过的,确切地说是在巴黎,接受的正规教育不多。我表哥洛巴德倒是格雷敏斯特中学的毕业生,他对那所学校的评价一直很高。”

“他有没有跟你提过校长凯尔西博士呢?”

“你是说那个集邮家吗?姑娘,除了这位校长,我表哥很少提起别的。他很崇拜这位老校长,常说没有凯尔西博士,就没有他的今天——话虽不多,但很……”

“估计他早就死了吧?我是说凯尔西博士,毕竟那么大岁数了。我敢拿所有积蓄下注,他一定死了有年头了。”

“那你可要输个底朝天了!”麦克斯大叫着,“一个子儿都不剩!”

“鲁克之家”位于斯夸尔山和断崖层之间的一个舒适平坦的地块上。断崖层地形奇特,由若干形状奇特的岩石突起组成,从远处看,就像铁器时代的古墓,不过走近一看,就会觉得像个巨大的脑壳。

我骑着格拉迪斯,拐上鲁克尔路。这条路沿着断崖层的东面向前延伸。到了尽头,密密麻麻的树篱遮住了“鲁克之家”的入口。

跨过树篱,眼前出现的草坪向东、西、南三个方向延伸出去。草丛上的草又尖又长，显然很长时间没人打理了。此时，太阳已经出来了，但荒芜的草坪上还是笼罩着薄薄的一层雾气。了无生气的高大山毛榉杂乱无章地分布在宽阔的草坪上。一看到山毛榉粗壮的树干和垂落的树枝，我就会想起非洲大草原上四处游荡的野象，真是让人失望啊。

两位老妇人站在山毛榉下交谈甚欢，好像是在竞争麦克白夫人的出演权似的。其中一位老妇人穿着半透明棉布睡衣，头上戴的睡帽像18世纪的老古董一样；而另一位则穿着青蓝色长裙，浑身裹得严严实实，耳朵上戴的黄铜耳环比汤盘小不了多少。

这栋房子经常被浪漫地称为“大屋”。这里原是德莱西家族的祖宅，莱西教区的名字就是由此而来的（据说德莱西家族是德卢斯家族的远亲），后来一点点变得萧条起来。这里以前曾是一名身为胡格诺派教徒的、才华卓越的成功布匹商人的乡间别墅，现在则成了一家私人诊所。达菲要是看到这个地方，马上会将其命名为“荒凉山庄”的。此刻她要是和我在一起那该多好啊！

“鲁克之家”的前院里并排停着两辆满是灰尘的汽车，看来这里的工作人员和病人并不多。我把格拉迪斯靠在一棵猴谜树上，踏上长满苔藓又坑洼不平的石阶，朝诊所的门口走去。

门口的手写标牌上写着“请按铃”。我按照指示，拉了下把手，马上响起了祈祷钟声一样空洞的铃声，宣告着我这个不速之客的到来。

没人来应门，我又拉了下把手。在等人开门的过程中，我环顾了一下四周。草地那边的两位老妇人此刻假装办起了茶会，正矫揉造作地行着屈膝礼，弯曲着手指，仿佛在操纵着隐形的茶杯和茶托。

我把耳朵贴在大门上，但是除了房子本身所有的隐约声音外，什么声音都听不见。于是我推开门直接走了进去。

让我印象最深的就是屋里弥漫的味道：卷心菜、橡胶垫、洗碗水的气味混合在了一起，夹杂着一股浓重的死亡气息。隐藏在这些气味中的还有一股刺鼻的消毒水味——根据气味可以判断，消毒水的主要成分是十二烷基二甲基苄基氯化铵——消毒水是用来擦地板的。除此之外，还有一丝氰化氢特有的苦杏仁味，据我所知，美国处死杀人犯的毒气室用的就是这种气味。

和精神病院一样，入口大厅的所有东西都被涂成了苹果绿色：绿色的墙壁，绿色的家居品，连屋顶都是绿色的。地上铺着廉价的棕色油毡，油毡上坑坑洼洼的，就像是从古罗马竞技场里抢出来的一样。我的脚一碰到油毡鼓起的地方，油毡就会发出讨厌的嘶嘶声。我得记着查查，颜色会不会让人反胃。

大厅对面的墙边靠着一辆镀铬轮椅，轮椅上的老人呆呆地望向空中，张着嘴巴，似乎巴望着天花板附近出现奇迹。

大厅一侧有张桌子，上面只有一个银铃和一张脏兮兮的卡片，卡片上面写着“请按铃”，仿佛在暗示着护理员就在附近。

我使劲儿地按了四下铃。坐在轮椅上的那个老人听到一声铃响，就猛眨一下眼睛，不过眼睛却一直望着空中。

突然，一个女人不知道从什么地方钻了出来。她穿着一件白大褂，戴着顶蓝色的帽子，一边走一边忙着用食指把乱蓬蓬的麦色头发塞进帽子。

她不怀好意地看着我，好像很清楚我在想什么。

“有事吗？”她尖声问道，一副公事公办的口气。

“我来看凯尔西博士，”我说，“我是她的曾孙女。”

“你是说伊萨克·凯尔西博士吗？”她问道。

“没错，”我说，“伊萨克·凯尔西博士，难道你们这里有两个凯尔西博士？”

“白大褂”听完，一个字也没说，转身就走，我忙跟在她身后。我们穿过拱门，走进一间狭长的日光浴室，这间浴室占据了房屋的整整一面。走到一半位置时，她突然停住了脚步，用细长的手指朝里面比画了一下就走开了。

装着落地窗的隔间最里面，一束阳光一扫这里的阴霾，照在一位坐在柳条椅上的老人身上，几缕青烟缓缓地飘过老人头顶。老人旁边的桌子上堆满了杂物，一大沓报纸马上就要掉到地上了。

他身穿一件灰色的晨衣——和夏洛克·福尔摩斯的那件差不多。不过这件晨衣被烫了好几个洞，就像豹子身上的花纹一样。晨衣里面的暗黑色外套和高领赛璐珞清晰可见。老人戴着一顶紫红色绒线帽，一头卷曲的黄灰色长发，

嘴上叼着卷烟,燃烧完的那部分烟灰像鼻涕虫一样干巴巴地垂在烟蒂上。

“你好啊,弗拉维亚,”他开口说道,“我就知道你会来。”

一小时很快就过去了:在这短暂的时间里,我才第一次真正意识到在战争中我们究竟失去了什么弥足珍贵的东西。

我和凯尔西博士的对话起初并不顺利。

“我可得把丑话说在前面,我可不擅长和你这样的小女孩儿交谈。”他先声夺人。

我咬着嘴唇,没有吭声。

“要是男孩子,倒可以通过鞭打或者其他方法练成个有用之才,但女孩子好像天生就没有男孩子那么争强好胜。我可不了解女孩子。难道你不觉得是这样吗?”

我知道这种问题一般是不需要回答的,于是翘起嘴唇,努力做了个蒙娜丽莎式的微笑——至少也能向他表示一下必要的礼貌吧。

“这么说来,你是杰克的女儿,”他说道,“不过你可一点也不像他。”

“据说我像我妈妈哈莉特。”我说。

“啊,对了,你妈妈叫哈莉特。真是个不幸的悲剧,对你们全家来说真是太可怕了。”

他伸出颤抖的双手碰了碰手边那沓报纸上放着的放大镜,又颤抖地打开了桌子上的一包烟,从里面取出了一根。

“我只能从这些三流小报记者的视角跟上世界的脚步。我得坦白承认，自己的眼睛已经被过去这九十五年的生活蒙蔽了，根本就看不下去这些。

“不过我还是尽力留意着我们周围的生老病死以及结婚和定罪的新闻。当然也会时不时捐点款。

“我想，你有两个姐姐，一个叫奥菲莉亚，另一个叫达芙妮吧？”

我点头对他的话表示认同。

“我记得，杰克总是对那些具有异域风情的事物充满浓厚的兴趣，所以得知你爸爸用莎士比亚笔下的精神病人名字和希腊神话中的怨女名字给前两个女儿命名时，我一点也不觉得奇怪。”

“您说什么？”

“在希腊神话中，达芙妮被丘比特的一支拒绝爱情的箭射中了，后来又被她父亲变成了大树。”

“我是问那个疯女人奥菲莉亚。”我说。

“莎士比亚笔下的奥菲莉亚是个歇斯底里的女人。”说着他把手里的烟蒂在满溢的烟灰缸上压灭，又点了一根烟，“你不觉得吗？”

凯尔西博士脸上满是深深的皱纹，但眼神却明亮犀利，和手执教鞭的教师没有半点区别。我知道自己的计划已经成功了。在他眼里我已经不再是个“小女孩儿”了。和神话中的达芙妮变成月桂树一样，我摇身变成小学四年级的学生了。

“先生，不见得吧？”我说道，“我觉得莎士比亚把奥菲莉亚当作一种象征——比如说她收集的花草什么的。”

“什么？”他忙问道，“那是什么玩意儿？”

“先生，那是一种象征手法。奥菲莉亚不过是那个凶残又自以为是的家庭的无辜受害者而已。至少在我看来是这样的。”

“我明白了，”他说道，“你的想法很有趣。”

“不过，”他接着说道，“最让我满意的是，你爸爸的拉丁语还没就饭吃了，给你取名为弗拉维亚。传说中的弗拉维亚有一头美丽的金发。”

“不过我的头发是灰褐色的。”

“啊。”

我们的谈话似乎陷入了僵局——和老人对话时常会出现这种情况。我觉得凯尔西博士很有可能是睁着眼睛睡着了。

“那这样吧，”最后他说道，“你最好还是让我看一眼它。”

“什么意思？”我不解地问道。

“我的那枚‘爱尔兰复仇者’，你最好还是让我看一眼它。你不是随身带来了吗？”

“我……您说得没错，但您怎么会……”

“我们不妨进行一下推理。”他的声音很轻，仿若在说“让我们祈祷”的感觉。

“先说说博恩佩尼·贺瑞斯吧。他小时候玩过魔术，后来一直假冒艺术家，却突然死在了老同学杰克·德卢斯的菜园里。为什么会发生这种事呢？最有可能的就是敲诈了。那我们姑且假设博恩佩尼敲诈了你爸爸吧。没过几个小时，杰克的女儿就跑到莱西教区图书馆翻看那些过期报纸去了，查的还都是我那位逝世的老同事特文宁先生的消息。愿上帝让他的灵魂早日安息。我怎么会知道这些的？答案显而易见。”

“是蒙特乔伊小姐告诉您的吧？”我说道。

“真聪明，亲爱的。过去这三十年来，玛蒂尔达·蒙特乔伊小姐一直是我在村子内外的眼线。”

我早该料到了。蒙特乔伊小姐本来就神出鬼没的！

“还有呢。小偷博恩佩尼在生命中最后一天，选择投宿在‘公鸭十三’这个旅店里。这个小傻瓜——虽说不小了，可还是个傻瓜——最后却不明不白地死掉了。我曾经跟特文宁先生说过，这个孩子将来肯定不会有什么好结果。我可不想说自己的预测是正确的。不过三岁看大，七岁看老，那么大的孩子基本长大什么样也就定了。

“我有点跑题了吧？博恩佩尼死后不久，他在旅店的房间就被一个漂亮姑娘翻过了。这个我不便说出名字的漂亮姑娘现在就端坐在我面前，不停地鼓捣着口袋，口袋里无外乎就是橙色的小纸片了吧，上面一定印着故去的维多利亚女王肖像，并标有‘TL’两个字母吧。谨此作答。”

“谨此作答！”我重复了一遍他的话，默默地从口袋里掏出玻璃纸袋，伸到他面前。他用一张薄纸垫在手下，颤抖地

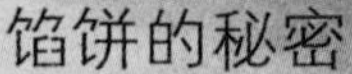

接过纸袋，用满是烟渍的手指揭开了纸袋的封口。至于他的手是因为年龄还是因为兴奋而颤抖不已，我就不得而知了。“爱尔兰复仇者”的一角映入眼帘时，我不由得注意到凯尔西博士的手和邮票的颜色几乎完全一样。

“天哪！”他明显是被眼前的邮票震撼了，“你连‘AA’这枚都找到了。这枚邮票可是国王陛下的啊，几周前在伦敦展会上被偷了。这几乎是当时所有报纸的头版头条啊。”

他从眼镜上方责备地看了我一眼，不过目光马上转移到手里的宝贝上去了。他沉浸在自己的世界里，仿佛忘了我的存在。

“久违了，老伙计，”他旁若无人地低声说道，“太久远了。”他拿起放大镜，仔细地观察着邮票，每枚邮票都观察了好一阵子。“亲爱的小宝贝‘TL’啊，你的故事还真精彩啊。”

“这两枚邮票都是从博恩佩尼·贺瑞斯那里拿来的，”我主动坦白道，“是在旅店的行李里发现的。”

“你翻了博恩佩尼的行李吗？”凯尔西博士盯着放大镜问道，“哎呀！我敢打赌，这事要是让警察知道了，他们才不会欢欣雀跃呢……估计到时候你也高兴不起来了。”

“实际上我并没有翻过他的行李，”我忙辩解道，“他把邮票藏在行李箱外面的旅行贴纸里了。”

“这么说来，你一定是无意间发现的吧？”

“是的，”我说道，“当时的情况正是如此。”

“你老实告诉我，”他突然侧过身，直视着我的眼睛，

“你父亲知道你来这里吗?”

“不知道,”我说,“爸爸被指控谋杀,被抓到辛利去了。”

“老天啊,你爸爸真把博恩佩尼给杀啦?”

“当然没有啦,不过大家都觉得是他干的,连我也这么想过。”

“啊,”他说,“那现在你是怎么想的呢?”

“我也不知道,”我说,“有时候是这种想法,有时候又换了另一种想法,脑子里乱糟糟的。”

“任何事情在解决之前都是一团迷雾。弗拉维亚,你告诉我,这个世界上,你对什么最感兴趣?你最大的爱好是什么?”

“化学。”我马上答道。

“太好了!”凯尔西博士说,“我年轻时,曾经问过一大群霍屯督人[①]这个问题,他们的答案五花八门,不过大多都是在闲扯,简直是一派胡言。而你只用了一个词就高度概括了答案。”

他在椅子里转过半个身子面对着我,柳条椅发出嘎吱嘎吱的巨大响声。我一时间十分惊慌,还以为是他的脊柱断了呢。

“亚硝酸钠,”他说,“你一定很熟悉亚硝酸钠吧?”

---

① 霍屯督人:非洲南部的种族集团。自称科伊科伊人。分布在纳米比亚、博茨瓦纳和南非。

岂止熟悉？亚硝酸钠是氰化物中毒的解药，我对亚硝酸钠在不同条件下的反应了如指掌。但他怎么会选择亚硝酸钠做例子呢？难道他有特异功能吗？

“闭上眼睛，”凯尔西博士说，“想象你拿着半试管浓度为百分之三十的盐酸溶液，再加入少量的亚硝酸钠。你会观察到什么现象？”

“我根本用不着闭上眼睛，”我说道，“会变为橙色……橙色混浊物。”

“回答得太精彩了！和这两枚邮票颜色一样，对吧？接着会出现什么现象呢？”

“等二三十分钟后，溶液会变清。

“溶液会变清，陈述完毕。”

我感觉一下子轻松了起来，忍不住对凯尔西博士傻笑了一下。

“先生，您一定教过巫术。”我说。

“是的，那是年轻时候的事了。

“现在你把我的宝贝送回来了。”说完他又盯着邮票端详起来。

我可从没想过会发生这种事，一点也没想过。我本来只是想知道“爱尔兰复仇者”的主人是否还活着。之后，我会把邮票交给爸爸，爸爸自然会将其上交给警方。警方会在适当的时候将邮票物归原主。凯尔西博士马上看出了我的犹豫。

“我还想再问你个问题，”他说，“如果你今天来这儿

后，发现我刚刚离去，踏上永生的道路，你会怎么做？”

“先生，您是说死亡吗？”

“我要说的就是这个词：死亡。没错。”

“我想我会把您的那枚邮票交给爸爸。”

“让他收藏起来吗？”

“他知道该怎么做。”

“我想邮票的拥有者是决定邮票命运的最佳人选，你说呢？”

我知道我应该回答“是”，但我不能那么说。我心里清楚得很，虽然这两枚邮票不是我的，但我就是想把它们拿给我爸爸看。还有，我想把这两枚邮票都交给休伊特警长。那我该怎么办呢？

凯尔西博士又点燃了一支烟，凝视着窗外。最后，他从纸袋里拿出一枚邮票，把另一枚递给了我。

“这枚‘AA’不是我的，”他说，“就像老歌里唱的那样，它不属于我。你爸爸想怎么处理就怎么处理吧，这不是我该决定的事。”

我从他手里接过“爱尔兰复仇者”，小心翼翼地用手帕包上。

“不过，这枚精致的‘TL’可是我的。是我自己的，这一点毫无疑问。”

“要是把这枚邮票放回到您的集邮簿里，您一定很开心吧？”我无奈地说道，接着把手帕塞进了口袋里。

“我的集邮簿？”他一阵哈哈大笑，紧接着剧烈地咳嗽了起来，“我的集邮簿就像亲爱的……道森说的那样，早就随风飘去了。”

他把眼睛转向窗外，凝视着外面的风景。草坪边上那两位老妇人仍然站在阳光斑驳的山毛榉树下，像花蝴蝶一样搔首弄姿着。

我已遗忘了许多 西娜拉！随风飘去
玫瑰 恣意地抛掷那带刺的玫瑰
狂舞 为把你那苍冷的百合忘却
但我多么孤寂再也受不了回想那旧情
是噢！夜舞绵绵忆无尽时
就算我依然对你忠诚吧 西娜拉！[1]

“这是《西娜拉》里的，你知道那首诗吧？”

我摇摇头。“很优美。”我赞叹道。

“这个与世隔绝的地方，”凯尔西博士手臂一挥，说道，“你可能也感觉到了，只有几个邋遢的老人，估计早就入不敷出了。”

他看着我，好像自己刚才在开玩笑似的。看到我没什么反应，他指了指身旁的桌子。

“把那些簿子拿出来，应该是最上面的一本。”

---

① 此诗为英国颓废派诗人道森的名诗《西娜拉》。《西娜拉》是一首言情诗，写作此诗时道森大约已十分潦倒，债务累累，每日出入于酒肆、青楼，而且患有严重的结核病。此译文选自尤克强中文译本。

我这才注意到桌面下还嵌着一个小架子，架子上放着两本厚厚的集邮簿。我吹掉集邮簿上的灰尘，把上面一本递给了他。

"不用了……你自己打开吧。"

我把集邮簿翻到第一页，里面只有两枚邮票，一枚黑色，一枚红色。从页面上留下的胶印和格线来看，这页曾放满了邮票。接着我又翻到了第二页、第三页……集邮簿里只稀稀拉拉地剩下一些破损的邮票，连学生都羞于拿出来给人看。

"这本集邮簿里曾经珍藏着许多令人心动的邮票，是我用毕生心血收集的。现在所剩无几，是吧？"

"但是您还有'爱尔兰复仇者'！"我说，"肯定值很多钱！"

"没错。"凯尔西博士又一次透过放大镜端详着他的宝贝。

"小说里不是有这样的情节嘛，绞刑执行以后缓刑令才姗姗而来，赛马冲过终点线后心跳便骤然停止，"他冷冷地笑了笑，拿出手帕擦了擦眼睛，"太晚了！实在是太晚了！心碎的少女为之泪流满面——书上是这么写的吧？宵禁的钟声今夜无鸣！"

"命运总是喜欢跟人开玩笑，"他的声音低了下来，"这是谁说的来着？大鼻子情圣[①]，对吧？"

---

① 大鼻子情圣：《大鼻子情圣》是一部具有喜剧色彩的爱情悲剧，它具有古典悲剧所特有的崇高，因此作为舞台剧改编电影的经典而载入了电影史册。

刹那，我突然产生了这样的想法：达菲肯定乐意和这位引经据典的老先生谈话。不过这个念头只是一闪而过。我耸了耸肩。

凯尔西博士略带诙谐地笑了笑，从嘴边拿下香烟，用燃烧的一头碰着“爱尔兰复仇者”的一角。

看到这一幕，我的脸上就像被扔了一个火球，胸膛就像被铁丝网缠上了一样。我眨了眨眼睛，恐惧地站在原地，眼巴巴地看着邮票开始冒烟，燃起小火苗，无情地一点点侵蚀着维多利亚女王那张年轻的脸庞。

火苗碰到指尖时，凯尔西博士张开手，任黑色的灰烬飘落到地板上。他伸出一只脚——锃亮的皮鞋从他的晨衣下摆处伸了出来——优雅地踩在邮票的残骸上，用脚尖飞快地碾了几下。

转眼之间，“爱尔兰复仇者”就成了“鲁克之家”油毡上的一小团黑色灰烬，真是让人震惊。

“你口袋里那枚邮票的价值已经翻了个倍，”凯尔西博士说道，“弗拉维亚，把它保管好，现在它在世上独一无二。”

22

每次出门想要好好思考时，我就会伸展四肢平躺在地，仰望着天空。在最初一小段时间，我通常会沉浸在那些“飘浮物”中，实际上它们是蠕虫状的蛋白质小球，像银河系一样在我眼前飘来飘去。没什么事的时候，我会抬起头把它们搅乱，再躺下去观察小球的状态，就跟看动画片一样。

今天我有很多事要思考，因此从“鲁克之家”出来还不到一英里，我就躺在了绿草如茵的河岸边，凝视着夏日晴朗的天空。爸爸的那句话始终萦绕在我耳边，挥之不去。他告诉我他和博恩佩尼·贺瑞斯两个才是杀害特文宁先生的真正元凶，要为老人的死负责。

如果这只是爸爸的胡思乱想，那我只需要在笔记上画掉就可以了。但事情似乎远远没有这么简单，连蒙特乔伊小姐也坚信爸爸和博恩佩尼杀死了她舅舅。

爸爸有罪恶感是很容易理解的。毕竟当时他也从旁帮腔,吵吵嚷嚷着要看凯尔西博士的收藏品。况且,他昔日的老友博恩佩尼——虽说当时关系已经变淡了——还让他在那次事件中不知不觉地扮演了同谋的角色。虽然这样……

不,事情远没有那么简单。但是,我挖空心思也想不出到底是怎么回事。

我躺在草地上,如同昔日未开化的印度苦行僧蹲在柱子下膜拜太阳一样,虔诚地仰望着蓝色的苍穹。即使如此,我还是无法集中精力思考。太阳像个白色的大鸭蛋一样悬在我头顶,灼烤着我空空的脑袋。

我幻想着自己戴上了一顶能够帮助思考的帽子,把它套在我的两耳之间,这样就能知道该怎样做了。那是一顶高高的圆锥形魔法帽,上面写满了化学公式和分子式,充满了解决各类问题的方法。

但还是于事无补。

等等!没错!应该是这样!爸爸什么也没做!他早就知道——至少是怀疑过——从博恩佩尼冲上去抢走校长的那枚珍贵邮票开始……但他却没告诉任何人。

这是种疏失之过,基督教罪责里的一种。菲莉总是把这种罪名套在除她之外的人身上。

不过爸爸的罪过终究只是道义上的,我觉得没什么大不了的。

但有一点也不可否认:爸爸保持了沉默,而正是这种沉

默使老好人特文宁先生担下了所有罪名,并用生命去挽回自己被玷污的名誉。

当时这件事一定在街头巷尾传得沸沸扬扬。我们这个地方的居民可从来不会沉默寡言的。19 世纪辛利的乡村诗人赫伯特·迈尔斯曾经把我们称作是“一群整天在花红柳绿中吵吵嚷嚷的天鹅”,这句话颇有几分道理。这里的人喜欢谈天说地——尤其是在回答别人提出的问题时——这样才能证明自己存在的价值。我早就发现了,不管遇到什么问题,除了可以查阅马利特夫人保存在食品室架子上的那本油乎乎的《百科全书》,最好的方法就是走到离你最近的人那里询问。他一定会知无不言地说上一大通的。

我当然不能向爸爸询问学生时代他为什么一直对博恩佩尼的罪行保持沉默。即使我有这个胆量,现在也没有机会啊。他被关在辛利的警察局里,看来还要待上很长一段时间。况且,我还没有这个胆量呢!我更不能向把我拒之门外的蒙特乔伊小姐询问,因为她把我看作冷血杀手的骨肉。简而言之,我只能靠自己了。

结果这一整天,如同远处房间正在播放的留声机一样,有个声音一直在我的脑子里回响着。要是我能谱写出一首美妙的乐曲,那该多好啊。

在图书馆后面的工具房里翻看那些过期报纸的时候,我曾产生过一种极其微妙的感觉。曾经有人描述过这种感觉……不过究竟是什么呢?

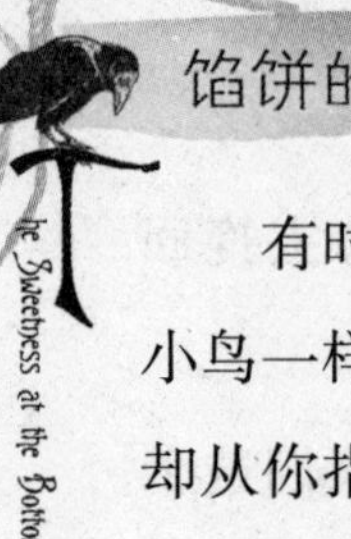

有时候,抓住一个飞逝而过的念头就像逮住房间里的小鸟一样困难。当你偷偷靠近,踮起脚尖,扑过去时……它却从你指尖处飞走了,翅膀……

对了!就是翅膀!

“看上去就像从天而降的天使。”格雷敏斯特中学的一个男孩儿曾经这样说过。托比·隆斯戴尔——我终于想起了他的名字。这么形容一个跳楼的学校舍监简直是太怪异了!爸爸也曾把跳楼前的特文宁先生比喻成戴着光环的圣人。

问题是我没有在旧报纸里发现足够的信息。《辛利记事报》明确指出,对特文宁先生的死和凯尔西博士邮票遗失这两起事件的调查还在进行中。那他的讣告呢?肯定还有后续的一些跟踪报道。讣告上是怎么写的呢?

我以迅雷不及掩耳之势骑上格拉迪斯,朝莱西教区和奶牛巷飞驰而去。

离图书馆前门十英尺时,我才看到门上挂着“关门休息”的标牌。菲莉说得真是没错!弗拉维亚,你有时候就是个榆木脑袋啊!今天是星期二,图书馆要到周四早晨十点才会开门。我推着格拉迪斯慢慢地朝河边的工具房走去时,不禁想起了《少儿时间》节目里播出的那些带有寓意的励志小故事,比如《小火车头》(“我想我可以……我想我可以”),仅仅觉得自己可以,就能把一列满载货物的列车拉过

山头。想到就能做到，因为永不言弃。这就是事情的关键[①]所在。

现在的关键是要找到钥匙。我记得很清楚，我把工具房的钥匙还给蒙特乔伊小姐了。会不会还有一把备用钥匙呢？会不会为了防止某些健忘的家伙去布莱克浦度假时带走那把原配钥匙，而把备用钥匙藏在窗台上呢？既然莱西教区（至少截至几天之前）是个太平无事的小地方，那么藏把钥匙倒是很有可能的。

我用手指摸了摸门楣，又弯腰察看了道路两边的盆栽天竺葵，还掀开了几块看上去有些异样的石头。

但是一无所获。

我甚至把从小路延伸到图书馆门口的石墙上的每处缝隙都查了个遍。

还是什么也没找到。

我把手环在窗户上，往工具房里窥探：那堆破报纸仍在架子上沉睡着，似乎伸手可及，却又遥不可及。

我气得直想吐唾沫，忍不住真吐了一口。

玛丽·安妮·保尔泽·拉瓦锡夫人在这种情况下会怎么做呢？她会不会像大量重铬酸铵被点燃而引起的火山喷发一样站在那里大发雷霆、怒发冲冠呢？对此我还真是持怀疑态度。玛丽·安妮一定会将化学抛诸脑后，想法子对

---

① 关键：英文为 key，同钥匙的英文相同。

付这扇门的。

我重重地扭了下门把手，结果竟一下子撞了进去。看来有个愚蠢的家伙来过这里，忘了锁门了。希望没人发现我的踪迹。想到这个，我马上意识到应该把格拉迪斯推进房间，免得被哪个爱管闲事的人看到了。

我小心翼翼地绕过中间盖着木板的维修坑，来到了堆满发黄旧报纸的架子前。

我没费多大力气，就在《辛利记事报》上查到了相关报道。没错，就在这里。特文宁先生的讣告出现在周五的报纸上，就在他死讯的正下方：

文学硕士格林威尔·特文宁先生（牛津郡人）

周一下午在辛利附近的格雷敏斯特中学暴毙，时年七十二岁。其父母是汉普郡温彻斯特镇的马里厄斯·特文宁和多萝西娅·特文宁。特文宁先生生前和莱西教区的外甥女玛蒂尔达·蒙特乔伊住在一起。他的葬礼在莱西教区的圣坦克雷德教堂举行，由教区长兼神父布莱克·索姆斯主持祈祷，前来送花吊唁的人络绎不绝。

特文宁先生究竟被埋在了什么地方呢？他的尸体有没有被送回温彻斯特和父母葬在一起呢？他会不会被埋在了格雷敏斯特中学呢？这种可能性倒是不大。我觉得倒是更

可能在圣坦克雷德教堂墓地里找到他的坟墓。圣坦克雷德教堂墓地离我现在站着的地方步行两分钟就到了。

我可以把格拉迪斯留在工具房里，免得被村里的那些闲人看到。只要我蹲下身子，藏在牵道两旁的树篱后面，就可以在不被人看见的情况下走到教堂墓地了。

我打开门，突然传来了一阵狗叫声。原来是妇女圣坛协会主席费尔韦瑟夫人正拉着她的柯基犬走在小道的另一头。我抢在被发现以前，轻轻地关上了门。从窗角向外望去，我看到那条狗正在橡树的树干下嗅着什么，而费尔韦瑟夫人则若无其事地看着远方，假装一副不知道她的狗在干什么的模样。

真倒霉！看来我只能等着那条狗方便完后才能展开行动了。于是我百无聊赖地环顾着房间。

门两边的临时书架是用粗加工、中间下陷的木板拼接而成的，像是被一个好心却笨拙的业余木匠好不容易才钉到一起的。右边的架子上放着好些过期的参考书籍——经年累月的《英国圣公会圣职者名册》、《哈泽尔年鉴》、《惠特克年鉴》、《凯利商人、制造商和货运行名录》和《布拉西海军年鉴》——它们被严严实实地堆积在未上漆的板子上。曾经富丽堂皇的彩色封面已经被岁月和日光侵蚀得不成样了，闻上去还有股老鼠的味道。

左边的架子上摆满了一排排相差无几的灰皮卷宗，每本卷宗的书脊上都印着由烫金的哥特字母组成的词语：格雷敏斯特人。我记得这些卷宗是从爸爸以前就读的格雷敏斯特中学收集来的年鉴。巴克肖的家里甚至还有几本呢。我从架子上抽出一本,发现上面标着的年份是"1942"。

我把这本卷宗放回到架子上,用食指向左掠过其他卷宗的书脊:1930……1925……

终于找到了1920年的年鉴!我取下年鉴,飞快地从后向前翻看着,兴奋得手直打战。里面全是关于板球、橄榄球、赛艇,竞技,奖学金,摄影艺术以及自然科学研究方面的文章。就读到的这些内容来看,没有魔术趣味活动小组和集邮协会的任何内容。年鉴里零零散散地点缀着几张照片,男孩子们成群结伙地对着镜头微笑着,还有几个调皮的孩子做着鬼脸。

封面背后印着一张镶在黑框中的人物照片。照片中,一个戴着礼帽,身着长袍,气质高贵的绅士随意地坐在桌子的一头。他手里拿着本拉丁语法书,表情轻松地看着摄影师。照片下面印着一行字:"格林威尔 · 特文宁 1848—1920"。

这就是全部。没有提到死因,没有悼词,也没有回忆性的纪念文章。是不是大家商量好了要对此事保持沉默呢?

事情肯定远比看到的这张照片复杂得多。

我慢慢地翻着书页,浏览着每篇文章,认真地研究起附有小字的那些照片来。

翻过三分之二的时候,我终于看到了"德卢斯"这个名

字。照片上，三个身穿校服、头戴校帽的男孩子坐在草地的毯子上，毯子上放着各种野炊常用的食物，有一大块面包，一瓶果酱，水果蛋糕，苹果，几罐姜汁啤酒，旁边还有一个柳条筐。

照片下面的标题是："莪默·伽亚谟[①]重回故里——为格雷敏斯特中学的糖果铺而自豪。从左至右分别是哈维兰·德卢斯、博恩佩尼·贺瑞斯和鲍勃·斯坦利。图为他们纪念波斯诗人摆出的造型。"

毫无疑问，毯子左边那个盘腿而坐的男孩儿正是爸爸，他比我认识的那个爸爸要开心快活逍遥得多。中间那个假装要吃三明治的瘦高个子应该是博恩佩尼·贺瑞斯。不看说明，我也能认得出他。照片中，他那头卷曲的红发像幽灵般的光环一样笼罩在他的头上。

看到他僵尸般的模样，我不禁打了个冷战。

离得稍远一点的第三个男孩儿把头摆成了一个不自然的角度，像是要展示自己的最佳风采。他长相俊朗，比两个同伴年纪稍长一些，带有一丝哑剧明星的风采。

一股微妙的感觉传来，我好像在哪里见过这张脸。

一丝凉意突然掠过我的身体，好像有人把蜥蜴放在了我的脖颈里一样。我当然看见过这张脸——而且就是最近！照片中的第三个人就是那个两天前对我自称是弗兰

---

① 莪默·伽亚谟：Omar Khayyam，1048—1122，波斯诗人、数学家、天文学家。

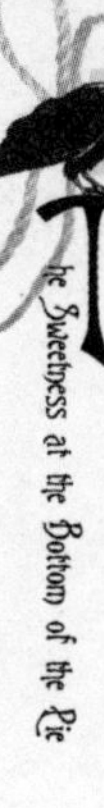

克·彭伯顿的人;就是在佛利和我一起待在雨中的那个人;也是今天早上对我说要去内勒伊顿考察古墓的那个人。

事实开始慢慢地呈现在我的眼前。我仿佛变成了圣经里的扫罗,眼睁睁地看着鱼鳞片一个个脱落下来。

弗兰克·彭伯顿就是鲍勃·斯坦利,而鲍勃·斯坦利就是照片里的“第三个人”。正是他在巴克肖的黄瓜地里杀死了博恩佩尼·贺瑞斯,对此我敢拿身家性命来担保。

事情的真相逐渐浮出水面,我的心也随之怦怦乱跳起来,激动得无法控制。

从一开始,彭伯顿就很可疑。星期天我在佛利看到彭伯顿时,就觉得事情有些不对劲。这与他所说过的那些话有关……但究竟是什么话呢?

我们聊过天气,介绍了彼此的姓名。他承认早就知道我是谁了,说在《名人录》上查过我们的信息。既然他早就非常了解我爸爸,为什么还要查看《名人录》呢?是不是这个谎言让我在潜意识里有所警觉呢?

对了,他有口音,轻微的口音。还有……

他跟我说自己写了一本书:《彭伯顿的豪华古宅——历史的见证》。我觉得这件事倒像是真的。

他还说了些什么?没什么重要的内容,不过是我们在雨中荒岛一同落难的废话,还说我们一定会成为朋友呢。

想到这儿,就像一个导火索一样,隐藏在潜意识中的那些东西立刻跳了出来。

“我相信我们很快就会成为好朋友的。”

这是彭伯顿的原话！以前我还在哪儿听过这句话呢？

我的思绪像橡皮筋上的小球一样倏地回到了那个冬日。虽说时候还早，客厅外的树木已经由黄色转为橘色，又由橘色转为灰色，天空也从深蓝色变成了黑色。

马利特夫人端来了一盘松饼，顺便放下了窗帘。菲莉坐在沙发上，欣赏着自己在茶匙背面映出的影像；达菲则躺在火炉旁爸爸那把放满了东西的椅子上，向我们大声朗读着《男孩彭罗德的烦恼》里的故事，那是她从哈莉特化妆间里一个摆放儿童读物的小架子上找出来的。

彭罗德·斯科菲尔德是个十二岁的小男孩儿，比我大一岁多，不过兴趣爱好和我相差无几。对我来说，彭罗德就是那个活脱脱的住在美国中西部小城的哈克贝利·费恩[①]，只是故事发生的时间改在了第一次世界大战时。书里讲的都是马厩、小巷、高高的木栅栏还有靠马拉的邮车的故事，不过在我眼中，这些就像发生在冥王星上的故事一样新奇。达菲向我们讲述了《胆小鬼》、《夺宝岛》和《双城记》几个小故事，我和菲莉听得如痴如醉，但彭罗德身上发生的事却像冰河世纪一样遥不可及。菲莉异想天开地认为这本书中充满了音符，是用C大调写成的。

和往常一样，达菲津津有味地描述着彭罗德对父母和

① 哈克贝利·费恩：马克·吐温的作品《哈克贝利·费恩历险记》里的主人公。

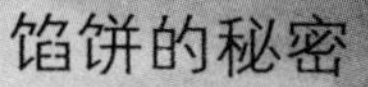

当局的反叛，我和菲莉时不时就会被书里精彩的故事逗得捧腹大笑。我的思绪会不由自主地飘到妈妈生活的那个年代，去探寻这个麻烦不断的小男孩儿何以能激发小哈莉特的想象力抑或情有独钟的爱。现在我也许可以猜一下具体的原因了。

故事中最有趣的一幕是彭罗德被介绍给伪善的神父基诺斯灵先生，基诺斯灵先生拍着他的头说道："我们要记得屈尊俯就。"这恰好是我的一贯生活作风，听到这句话时我可能笑得有点夸张了。

不过《男孩彭罗德的烦恼》是美国作家写的美国小说，在英国远没有在海外那么出名。

彭伯顿——我现在知道他的真实姓名是鲍勃·斯坦利——会不会读过这本书或者其中的一段呢？完全有这种可能，不过看起来可不太像。爸爸明明和我说过鲍勃·斯坦利——也就是博恩佩尼·贺瑞斯的那个狐朋狗友——去了美国，从事着不正当的邮票交易。

彭伯顿所带的那点口音正是美国口音！掺杂着新大陆气息的格雷敏斯特中学毕业生。

我真是个不可救药的大傻瓜！

我又往窗外看了一眼，奶牛巷上空荡荡的，费尔韦瑟夫人已经离开了。我没顾得上收好桌上摊开的年鉴，就溜了出去，绕到工具房的后面向河边走去。

一百多年前的依福河曾是古运河系统的一部分，不过

现在早已看不出运河的痕迹，只剩下河边的牵道了。在奶牛巷的尽头还遗留着原先岸边的船只停泊时用以系缆绳的木桩，不过早就被腐蚀得差不多了。涨满的河水在流向教堂的时候形成了几个池塘，其中一个正好位于圣坦克雷德教堂后面低洼的中心地带。

我匆忙走过腐烂的停柩门，进入了教堂墓地。墓地里的墓碑像海上的浮标一样横七竖八地躺着，在墓碑之间行进就像半截身子被浸到海里艰难地跋涉一样。

距离教堂最近的都是早期对教堂捐献最多的富人的墓碑，后面石墙旁边的则是新安葬的死者墓碑。

墓地的地势自低向高。五百多年来，葬在这里的人数不胜数，使得墓地看上去就像是一大条一头翘起的新鲜出炉的绿色面包：这里的地势明显超过周围的土地。想到脚下那些腐烂的尸体，我不由得打了个激灵。

我漫无目的地在墓碑间游逛着，读着上面那些在莱西教区耳熟能详的名字：库姆斯、内斯比特、巴克尔、霍尔，还有卡迈克尔。眼前的墓碑上刻着只小羊，是塔利·斯托克夭亡的儿子小威廉的。威廉是玛丽的大哥，如果还活着的话，现在应该有三十多岁了。墓碑上写着小威廉于 1919 年春天死于“哮吼”①，当时五个月零四天。特文宁先生从格雷敏斯特中学的钟塔上纵身跃下是 1920 年的事情，既然如

① 哮吼：一种喉部病毒感染疾病。

此，特文宁先生的墓碑很可能就在附近。

我抬眼望去，看到一块惹眼的尖顶黑色墓碑上刻着“特文宁”的名字，还以为找到特文宁先生的墓碑了呢。但走近一看，才发现这个阿道弗斯·特文宁早在1809年就死于海上了，根本不是我要找的那个特文宁。他的墓碑保存得十分完好，我忍不住用指尖拂过冰凉的光滑碑石。

“阿道弗斯，不管你身在何处，”我暗暗祈祷，“都安睡吧。”

我相信特文宁先生是有一块墓碑的：这块墓碑不会是砂岩石制成的，历经风雨，微生物横行，破败不堪；也不会很高大，用锁链围着，以此证明自己在莱西教区有钱有势（那些已故的德卢斯家族的先人的墓碑通常就很高大，还用锁链围着）。

我两手掐腰，站在墓地边缘齐腰深的野草丛中。石墙的另一面是牵道，紧挨着的就是那条河了。主教让我们为博恩佩尼·贺瑞斯祈祷安息时，蒙特乔伊小姐就是在这儿附近消失的。但她又去了哪里呢？

我返回停柩门，沿牵道走去。

我能清晰地看到河里水草之间的踏脚石，这些石头就在潺潺流动的河水表面之下。踏过这些石头，就可以到达另一面泥泞的河滩了。那里有道荆棘篱笆，围着马尔普拉克特农场。

我脱掉鞋袜，踏上第一块踏脚石。没想到河水会这么

凉。先前的感冒还没好,我还有点流鼻涕,眼泪汪汪的,这使我不由得突然想到自己很可能用不上一两天就会死于肺炎,成为圣坦克雷德教堂墓地永久的一员。

我用手臂维持着身体平衡,小心翼翼地走过河里的踏脚石,拖着脚步走在河滩的淤泥上。河流和田地之间竖着一道高大的泥墙,我抓着一把野草才上了岸。

我坐在地上想缓口气,在树篱边上拔下一把野草,擦去了脚上的淤泥。附近有只黄鹂叽叽喳喳地唱着歌。叫声突然停止了,我仔细聆听着周围的动静,却只能听见远处农场机器传来的嗡嗡声。

我穿好鞋袜,拍了拍身上的灰土,沿着看似坚不可摧的荆棘墙朝前走去。我走了很长时间,正准备原路返回时,竟意外地发现了一道非常狭小的缝隙。我轻巧地钻过这道缝隙,来到了篱笆的另一边。

在离我几码远靠近教堂的方向,有个东西从草丛中突起来。我小心谨慎地走上前去,等我看出个究竟时,背后的汗毛都竖了起来。

那是块墓碑,上面清晰地刻着格林威尔·特文宁先生的名字。

倾斜的墓碑底部只有一个词:Vale!

Vale!——这正是特文宁先生站在钟塔上所说的临终遗言!同样也是博恩佩尼·贺瑞斯死前对我所说的最后一句话。

我突然明白了里面的个中缘由：博恩佩尼死前希望向人承认自己是杀害特文宁先生的凶手，因此命运安排他吐出了与特文宁先生相同的遗言。而我恰巧听到了博恩佩尼的忏悔，因此也就成了唯一能把两桩死亡事件联系在一起的人。现在唯一还没搞明白的就是鲍勃·斯坦利，那位彭伯顿先生了。

一想到这个人，我就不寒而栗。

墓碑上没有提到特文宁先生的生卒年月，仿佛立碑之人想要刻意将特文宁先生完全抹去一样。达菲给我们讲的故事里说，自杀的人都葬在教堂墓地外面或十字路口处，当时我还以为这些只不过是老太婆的闲言碎语罢了。即使如此，我还是忍不住去想，躺在我脚下的特文宁先生会不会像德拉库拉那样紧紧地裹在斗篷里呢？

我在教学楼钟塔上发现的那套制服此刻已经交到了警察手里，它并不属于特文宁先生。爸爸说得很清楚，特文宁先生是穿着教师制服从钟塔上跳下来的。托比·隆斯戴尔也是这样对《辛利记事报》描述的。

他们会不会都搞错了呢？毕竟爸爸也承认，当时太阳可能弄花了他的眼睛。爸爸还对我说过些什么呢？

我清晰地记得爸爸描述特文宁先生站在栏杆旁边时，是这样说的：

“一缕阳光就像舞台聚光灯一样，从背后映着特文宁先生的身形。在阳光的照耀下，他的全身放着光芒，从帽子下

钻出的头发就像个闪闪发亮的铜盘，仿若彩绘本中圣人头上的光环一样。”

一下子真相大白了：站在栏杆边上的那个人应该是博恩佩尼·贺瑞斯。博恩佩尼有一头火红的头发，他善于模仿，还是个魔术师。

整件事情就是一个精心策划的魔术！

蒙特乔伊小姐说得没错，她舅舅是被人谋杀的。

想必博恩佩尼和同伙鲍勃·斯坦利把特文宁先生骗到了钟塔的塔顶。他们很可能是假称把偷来的邮票藏在了那里，准备归还给特文宁先生。

爸爸告诉过我，博恩佩尼具有惊人的算计能力，其渊博的建筑学知识使得他对钟塔上的那些砖瓦也许和自家的书房一样熟悉。

特文宁先生威胁要告发他们的时候，他们可能拿砖头击中了特文宁先生的头部，把他杀害了。特文宁先生是从钟塔坠落下去的，摔得粉身碎骨，头上的致命伤反而没那么显眼了。接着他们导演了自杀的那一幕——每一步都在算计之中，甚至可能预先做过了排练。

跌落在碎石路上的的确是特文宁先生，但在晨光中站在栏杆附近的那个人应该是博恩佩尼，他穿着借来的教员制服，头上戴着学士帽，对操场上的男孩子们大叫了一声“Vale”。这个词会让人联想到自杀。

随后，博恩佩尼从栏杆处退了回来，斯坦利则将特文宁

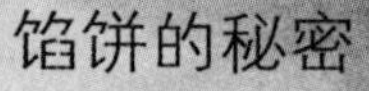

先生的尸首从排水孔里扔了下去。对于地面上被太阳弄花眼睛的人来说，就像老人从钟塔上跳了下来一样。这一过程只是将“借尸还魂”换了一个更大的场地，充分地利用了人类的视觉盲区。

这么说绝对是最有说服力的。

这么多年来，爸爸一直以为是自己的沉默导致了特文宁先生的自杀，因此必须对老人的死负责！这个负担实在是太沉重、太可怕了，真不知道爸爸是怎么熬过来的。

直到我在教学楼的砖瓦之间找到证据为止，这三十年来，没有人会把特文宁先生的死和谋杀联系在一起，大家早忘了这档子事了。

得知事实真相，我都要虚脱了。我伸出手扶住特文宁先生的墓碑，好稳住自己。

“你终于找到它了。”身后传来了一个声音。一听到那个声音，我就浑身发冷，汗毛都竖了起来。

我忙转过身，发现自己正和彭伯顿面对面地站在一起。

在小说和电影情节中，如果你遇到杀手，他们的开场白通常都是赤裸裸的威胁，其中大部分是从莎士比亚作品中搬来的。

"好了，好了，"杀手会厉声喝道，"漂泊止于恋人相遇。"或者"才华早发，断难长命。"

但弗兰克·彭伯顿并没有说这些套话，恰恰相反，他说的话再平常不过了：

"你好，弗拉维亚，"他歪着嘴对我笑了笑，"很高兴在这里见到你。"

我全身的血管都膨胀了，甚至能清晰地感觉到脸上泛红了。虽然身体里的寒意还没有消退，我的脸蛋却像煎锅一样热得发烫。

一个念头突然闪了出来：一定不能让他看出来我已经

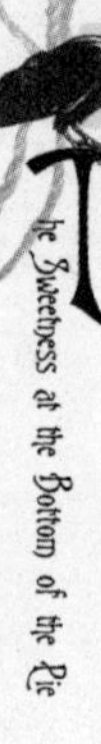

知道他是鲍勃·斯坦利的事实。绝对不能。

“你好!”我竭力抑制自己的情绪,使声音不要发颤,“您说的那座古墓怎么样?”

话一出口,我马上就意识到了自己的这番表演不过是自欺欺人而已。彭伯顿盯着我,一副家里空无一人时,猫常对金丝雀露出的那种不怀好意的表情。

“什么古墓?啊!那座古墓就像白色大理石做成的糕点一样,”他说,“和市面上卖的杏仁软糖差不多,只是大些。”

我决定在想出办法以前一直和他玩下去。

“希望你的出版人会满意。”

“我的出版人?哦,没错,老……”

“卡灵顿。”我忙接过话。

“对,卡灵顿,可把他乐坏了。”

彭伯顿——我仍然习惯性地把他当作彭伯顿——放下背包,解开上面系着的皮带。

“咳!”他说,“天怎么这么热呢!”

他脱下外套,随意搭在肩上,突然用拇指指向特文宁先生的墓碑。

“你怎么对这个这么感兴趣?”

“他以前是我爸爸的老师。”我说。

“哦,原来是这么回事啊!”他坐下来,懒洋洋地靠在了墓碑的基座上,仿若摇身一变成了《艾丽思漫游奇境记》的作者刘易斯·卡洛尔，而我则是故事的主人公艾丽思，我们正在泰晤士河畔野炊呢。

他到底了解多少情况呢？我不得而知，只能在等待他出下一步棋的这段时间好好想一想接下来该怎么办。

我得计划一下该怎么从他的手里逃出去。如果我铆足劲儿，会不会比他跑得快呢？估计不太可能。要是往河里跑，也许跑不到一半就会被他逮着。要是朝另一面的马尔普拉克特农场跑，估计也找不到人帮我。这么看来，朝主街方向跑，倒是有几分胜算。

"我知道你爸爸集邮。"他一边说，一边漫不经心地看着远方的农场。

"是的，我爸爸一直在收集邮票。您怎么会知道呢？"

"我的出版人老卡灵顿今天早晨在内勒伊顿正巧跟我提起了这事。他正在考虑邀请你爸爸写篇文章介绍一下那些鲜为人知的邮票的历史，不过不知道该怎么找到你爸爸。具体的情况我也不太清楚……太专业了……我倒是觉得他应该先和你谈谈。"

他明显是在撒谎，我马上就察觉到了。我能把谎话说得天衣无缝，所以只要别人一开口，我就知道他的底细了。如果那个人故意添枝加叶、装模作样地和你聊天，十有八九就是在撒谎。

"跟你实说吧，写这种文章能赚很多钱的，"他接着说道，"卡灵顿自从入赘到诺伍德的富豪家族后就神气起来了。这话我可是只和你说,你可别告诉别人啊。我想你爸爸不会拒绝赚点外快补贴家用吧?再说了,巴克肖的日常花销也是个不小的数目啊。"

这简直是在绕着圈骂人呢,他一定把我当傻瓜了。

"我爸爸最近很忙,"我说,"不过我会和他提这件事的。"

"哦,是啊……你说过你们家发生了死亡事件……还有那些讨厌的警察,你爸爸一定是烦透了。"

他这是要采取行动还是准备和我一直闲聊到天黑呢?也许我该先发制人,至少那样我还能占点先机。但我该怎样做呢?

记得菲莉曾经交给我和达菲一个办法:

"如果被男人缠住了,"她说,"就踢他的命根子,然后赶快逃跑!"

这个办法当时听起来的确不错,但问题是我根本不知道命根子在哪儿啊。

看来我还得想想别的办法。

我把鞋尖插进沙子里。我倒是可以在他察觉前抓起一把沙子扔进他的眼睛里。但他正死死地盯着我呢,我根本就没法动手啊。

他从地上站起身来,拍了拍屁股上的尘土。

"人们往往在匆忙之间决定一件事,后来却对此后悔不已。"他引出了话题。他是在说博恩佩尼·贺瑞斯还是他自

己？还是在暗示我不要做出愚蠢的举动？“我在‘公鸭十三’里看见了你。我坐的出租车停在旅店门口时，你正在里面翻看着住客登记簿。”

啊，原来从一开始我就被盯上了！

“我朋友玛丽和内德在那儿工作，”我解释道，“我时而会过去问好。”

“那么说，你也经常翻看客人的房间了？”

他的话还没问完，我就感觉到自己已经满脸通红了。

“看来我猜得没错，”他继续说道，“听着，弗拉维亚，我就实话和你说吧。我的生意合伙人拿了一件不属于他的东西。那件东西是我的。现在我已经了解到了一条线索：除了我的合伙人之外，只有你和店主的女儿进过他的房间。我还知道玛丽·斯托克是不会拿走那件特别的东西的。你说我会怎么想？”

“您说的是那枚旧邮票吗？”我问道。

我知道自己是在孤注一掷，铤而走险，实际上我一直在出险棋。没想到彭伯顿却立刻放松下来了。

“这么说你承认自己拿走了邮票？”他问道，“你可比我想象的还要聪明。”

“那枚邮票在箱子下的地板上，”我说道，“肯定是从箱子里掉出来的。当时我正在帮玛丽打扫房间。她要是忘了干活，您知道，她爸爸会……”

“这个我知道。所以你就偷了邮票，带回了家，是吗？”

我咬着嘴唇，皱了皱眉头，揉了揉眼睛。“这也算不上偷吧？我想是有人把它掉在那里的。实话告诉您吧，我知道是博恩佩尼·贺瑞斯掉在地上的，不过他都死了，那枚邮票对他应该没什么用了。所以我想把它当作礼物送给爸爸，那样爸爸就不会为我打碎名贵花瓶而生气了。事情就是这样，您懂了吧？”

彭伯顿很吃惊：“名贵的花瓶？”

“那是我不小心打碎的，”我解释道，“我不应该在家里打网球。”

“好啦，”他说，“这就好办了。你把邮票还给我，这事儿就算了结了。你看这样行吗？”

我高兴地点了点头：“我这就回家去拿。”

他拍着大腿，不屑地哈哈大笑起来。恢复常态后，他对我说道：“就你的年龄来说，你的表现实在是太棒了。你让我想起了自己小的时候。回家去拿？你还真以为我会相信你的鬼话啊？”

“那好吧，您看这么办行吗，”我说，“我告诉您我把邮票藏在哪儿了，您自己去取。我以女童子军的名义发誓我会待在这里，哪儿都不去。”

我把三根手指放在头上，行了个女童子军的兔子礼。我没有告诉他，自从我用氢氧化铁私自伪造家政服务徽章以后，就被这个组织踢了出来，现在早就不是其中的一员了。大家只在乎我伪造了徽章，似乎根本不理会氢氧化铁

能解砷毒这个事实。

彭伯顿看了看手表。“已经很晚了，”他说道，“可没时间跟你闲扯下去了。”

他的脸色突然一变，仿佛阴云四起，一股寒气袭来。

他朝我扑过来，一下子抓住了我的手腕，我痛苦地尖叫了起来。我马上意识到，如果反抗的话，他一定会把我的手扭到身后，于是我乖乖地投降了。

“我把它藏在巴克肖爸爸的更衣室里了，”我马上说道，“那里有两只钟：大钟挂在壁炉架上，小钟放在爸爸的床头柜上。邮票就贴在壁炉架上那只大钟的钟摆后面。”

接着发生了一件很糟糕的事情：我竟然打了个喷嚏。不过话又说回来，没准儿这是件好事也说不定呢。

这一整天，我的感冒症状都不明显，我几乎忘了这档子事。我发现，当你全神贯注某件事的时候，感冒症状就会像睡觉时一样完全消失。而此刻，它却像恶意报复一样，变本加厉地席卷了过来。

我从口袋里掏出手帕，完全忘了之前把“爱尔兰复仇者”包在里面的事情。彭伯顿大吃一惊，他肯定觉得我这一突然举动是要逃跑，或者对他发起人身攻击。

就在我把手帕凑近鼻子，还没来得及打开的时候，他突然一把抓住我的手臂，夺过手帕揉成一团，连同里面的邮票一起塞进了我的嘴里。

“既然这样，”他说，“我们该怎么办就怎么办吧！”

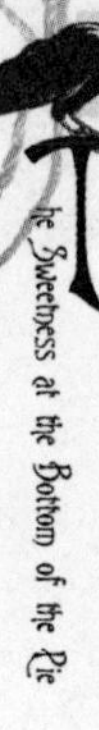

他从肩膀上拿下外套，像斗牛士的斗篷一样展了开来，套在了我的头上。我最后看到的正是特文宁先生墓碑下方刻着的“Vale”。别了，特文宁先生。

我的太阳穴一圈被结结实实地绑上了，估计是彭伯顿正在用公文包上的皮带固定套在我头上的外套。

他把我扛在肩上，像屠夫对付手里的牛排一样轻而易举地扛着我过了河。我还没反应过来是怎么回事，已经被他重重地放在了地上。

他一只手抓着我的脖颈，另一只手像钳子一样紧紧地抓住我的上臂，在牵道上推搡着我朝前走。

“我不让你停，你就一直朝前走。”

我想大声呼救，但嘴巴被手帕堵得严严实实的，只能发出几声哼哼声。我甚至都无法告诉他自己受了多大的伤害。

我突然发现，自己从来没有像现在这样恐惧过。

我磕磕绊绊地朝前走着，心里暗暗祈祷着能被人看到。如果有人看见我们，肯定会大声呼叫的，虽然我的头被彭伯顿的外套蒙着，但我也应该能听得到。到了那时，我就猛地从他手里挣脱出来，冲向声音传来的方向。不过要是贸然行动的话，很可能会一头掉进河里，被活活地淹死。

“停下！”我被挟持着走了一百来码远，他突然喝道，“站着别动。”

我不敢违抗他的命令，只能一动不动地站着。

我听到了打砸金属的声音，片刻之后，随着一声刺耳的嘎吱声，好像有扇门被打开了。他把我带到了工具房！

“往上走一步，”他命令道，“这就对了……再往前走三步，停下！”

工具房的房门发出一阵嘎吱声，像棺材盖一样被关了起来。

“把你的口袋掏空。”彭伯顿说。

我只有一个口袋，在运动服上。口袋里除了巴克肖厨房的钥匙以外什么都没有。爸爸总是让我们随身携带一把钥匙以备不时之需。因为他时常会检查我们的口袋，所以我总会把钥匙带在身上。我把口袋翻了出来，听见钥匙掉在木地板上，跳了几下，随后掉在水泥地上发出微弱的叮当声。

“真是的。”彭伯顿骂了一句。

太好了！钥匙肯定是掉进了维修坑。彭伯顿必须把盖在维修坑上的木板掀开，跳进坑里才能拿到钥匙。我的手还是自由的，可以揭开头上的外套，跑出门去，从嘴里拿出手帕，尖叫着冲向主街。这些动作一气呵成，用不上一分钟时间。

我的判断没错。几乎与此同时，我清晰地听到了厚木板从维修坑上被拽开的声音。彭伯顿一边拖动木板，一边不停地咕哝着。我得谨慎选择一条合适的逃亡路线：走错一步的话，就可能掉进坑里，摔断自己的脖子。

进门之后我一直没有挪动过。如果判断无误的话，维修坑应该在我前面，而门应该位于我身后。我必须在蒙着眼睛的情况下来个一百八十度的大转身。

彭伯顿要不就是具有精准的预知能力,要不就是发觉了我头部的细微变化。总之,我还没来得及动,他就走到我身边,把我拎起来转了五六圈,仿佛我们正在玩捉迷藏,而我就是那个被抓住的人。等他停下来后,我头晕目眩,站都站不稳了。

“现在,”他说,“我们下去了,当心脚下。”

我快速地摇着头,心里不禁想到即使自己逃出去,脑袋上套着粗花呢外套,看上去也一定很滑稽吧?

“听着,弗拉维亚,老实点。只要你不乱动,我就不会伤害你。只要从巴克肖拿到邮票,我就会让人把你放出来。否则……”

否则他会拿我怎么样呢?

“……我可能被迫做些让人极不愉快的事。”

博恩佩尼向我脸上吐出最后一口气的画面浮现在了我那双被蒙住的眼睛面前。我知道彭伯顿的威胁可不是说着玩的。

他拉着我的胳膊,把我拽到了一个地方,估计是维修坑的边缘。

“往下走八步,”他说,“我会帮你数着,别担心,我会抓住你的。”

我朝前走去。

“一。”我的脚落在一块坚实的物体上。我犹豫不决地

站在那里，不知道该如何是好。

“照着我说的去做，很简单……二……三，快走到一半了。”

我伸出右手，感觉维修坑的边缘几乎和我的肩膀平齐。我的膝盖裸露在外面，能够感受到坑里的阵阵冷气；我的肩膀开始像寒风里的树枝一样摇晃起来。我能感觉到自己的喉咙都紧了。

“不错……四……五……还有两步就大功告成了。”

他一步一步地跟着我走下台阶。我不知道自己能否抓住他的胳膊，一下子把他拽到坑里。要是运气好的话，他的头会磕在坑底的水泥地上，到时候，我只要跨过他的身体，就能重获自由了。

突然他停住了脚步，紧紧地掐着我的上臂。我发出一声低吟，他才稍稍松开了点。

“闭嘴！”他咆哮着，让人不寒而栗。

外面的奶牛巷上有辆卡车正在倒车，发动机忽高忽低地轰鸣着。有人来了！

彭伯顿一动不动地站在原地，呼吸急促起来，在维修坑的寂静中越显明显。

我的头被外套裹得紧紧的，只能听见一点微弱的声音。马达声渐弱后，卡车的后挡板发出了“咣当咣当”的声响。

奇怪的是，这时我竟然想到了菲莉。她一定会问我，为什么我不大声求救？为什么我没有把彭伯顿的外套从头上扯开,狠狠地咬住他的胳膊?她一定想知道所有的细节,不管我怎么说,她都会像大法官一样把我驳回去。

问题是我现在连呼吸都很困难,更别说喊出声来了。那块手帕把我的嘴堵得严严实实的,撑得我腮帮子火辣辣地疼。我只能靠不通气的鼻子进行呼吸,即使深吸一口气,吸进的空气也只能让我保持清醒。

我心里明白得很,如果咳嗽的话,我就会立马完蛋。只要稍微动一下,我就会头晕目眩。更何况我估计那些站在卡车边上的人也只能听到马达的轰鸣声。我要是不弄出点震耳欲聋的声音,是不会被人听到的。既然没有逃脱的希望,我最好还是乖乖地站着别动,不喊不叫,省点力气吧。

卡车的后挡板哐当一声关上了,驾驶室两侧的门也被重重地关起来了。随着发动机的轰鸣声,卡车慢慢离我们远去。现在又只有我和他两个人了。

"好了,"彭伯顿说道,"……接着往下走,再走两步。"

他捏了我胳膊一把,我只能迈开步子。

"六。"他数道。

我停下了脚步。再走一步,就到维修坑底了。

"再走一步就到了,小心点。"

他倒是很耐心,仿佛自己在帮老太太过马路似的。

我又向前迈了一步,立刻陷进了齐膝的垃圾里。我听见彭伯顿在用脚拨弄着坑底的垃圾。他还是紧紧地抓着我的胳膊,只是在弯腰捡东西的那个瞬间才稍微松了一下。

显然,他捡的正是刚才掉落在坑底的那把钥匙。我想,既然他能看得到钥匙,坑底就一定有充足的光线。

不知为什么,我忽然想到了休伊特警长从辛利警察局送我回家的路上说过的那句话:除非馅饼底下抹了蜂蜜,否则谁会稀罕碰它呢?

这句话到底是什么意思呢?我的脑子里一片茫然。

“很抱歉,弗拉维亚,”彭伯顿的话一下子打断了我的思路,“我只能把你捆起来了。”

话音未落,他就把我的右手也扭到身后,牢牢地捆住了我的手腕。他是用什么捆的呢?难不成是领带?

在他捆绑的时候,我悄悄把手指并拢让手拱了起来。菲莉和达菲把我关进壁橱的那天,我就是这样做,最后才得以顺利逃脱的。那是什么时候发生的事?上周三吗?对我来说简直恍如隔世。

但彭伯顿可没她们那么傻。他一下看出了我的意图,二话没说就用拇指和食指紧紧地捏住了我的手背,我的最后那点希望也破灭了。他把我的两只手腕紧紧绑牢,又打了两三个结。每打一个结,他都会用力地把绳结拉紧。

我用拇指摸了摸绳结,触感非常光滑。是丝绸制品。没错,他用的就是领带。挣脱这些绳结的希望越发渺茫了。

我的手腕已经开始发汗了,我知道汗水会让丝绸领带收缩得更紧。这样说也许不太准确:丝绸和头发一样,是由蛋白质构成的,本身并不会收缩,但是织成领带的方式却会

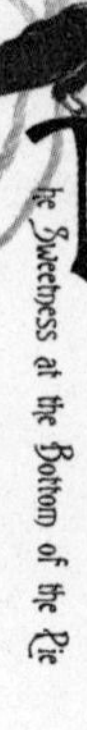

使其缩水。再过一会儿，我手上的血液循环就会被切断，那么……

"坐下！"彭伯顿命令道。他向下按了一下我的肩膀，我顺势坐在了地上。

我听到他解开皮带扣的声音，接着他用皮带牢牢地捆住了我的脚踝。

他什么也没多说，就登上了台阶，鞋子在水泥地上发出了咯噔咯噔的响声。随后我听到了维修坑被木板盖上的巨大声响。

过了一会儿，周围又归于沉寂。彭伯顿走了。

我独自一人被关在了维修坑里，除了彭伯顿，再没有人知道我的去向了。

我会死在这里的。等人们发现我的尸体后，会把我抬进发亮的黑色灵车，运往阴冷的停尸房，放在不锈钢尸检台上。

他们肯定会先把我的嘴撬开，从里面拿出浸湿的那团手帕。等他们摊开手帕，一枚橙色的邮票——国王的那枚邮票——就会飘落在地：和阿加莎·克里斯蒂笔下的故事如出一辙。会有人——也许正是克里斯蒂小姐——把我的故事写进侦探小说的。

就算我死了，至少还能在《世界新闻报》的首页上露个脸呢。要不是我现在又累又怕，浑身疼痛，还喘不过气来，这种处境应该还是蛮有趣的。

被人绑架的情形和想象的截然不同。我既没有对绑架者又抓又挠，也没有大声尖叫，反倒像待宰的羔羊一样，没做任何反抗，乖乖地听命于彭伯顿。

我能想到的唯一理由就是自己只忙着思考了，根本就没有精力进行反抗了。这种情况真的发生在自己身上时，你的脑海里就会突然涌现出一大堆乱七八糟的事情，着实很让人吃惊。

比方说，我就想起了麦克斯米利安对我说过的，如果在海峡群岛上大喊一声“快来看啊，亲王！有人在侵犯我！”就会被警察抓起来。

嘴巴被手帕塞着，头上套着别人散发着汗水和头油的难闻气味的粗花呢外套时，你才会懂得“说起来容易，做起来难”这句话的真正含义。

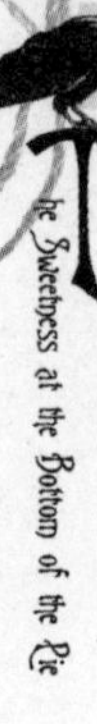

我还想起来另外一件事：现在英格兰的王族可真是太少了。我能想到的只有伊丽莎白公主的丈夫菲利普亲王和他们襁褓中的儿子查尔斯王子。

这意味着，实际上我只能靠自己的力量解决问题了。

我很想知道玛丽·安妮·保尔泽·拉瓦锡夫人碰到这种情况会怎么做，他的丈夫安东尼·拉瓦锡碰到这种情况又会怎么做。

玛丽·安妮的助手全身曾被严严实实地包裹起来，只能通过一根连接着测量仪器的吸管进行呼吸，我现在的处境简直就是他的翻版。没有人会冲进工具房解救我的，这一点我清楚得很。莱西教区没有断头台，也绝不会发生什么奇迹。

可不能再想这些乱七八糟的事情了！玛丽·安妮和她们家发生的那些悲剧真是让人沮丧。我得想想其他的化学家来激励自己。

那么，罗伯特·本生或者亨利·卡文迪许要是被人捆上，陷入油渍渍的坑底时，又会怎么做呢？

我竟然马上就想到了答案：他们会审时度势，迅速找到应对的办法。

太好了，我也得好好想想自己的处境。

陷在六英尺深的坑里，和埋在坟墓里没什么两样。我的手脚被绑上了，很难辨清周围的环境；头上套着彭伯顿的外套——显然外套用袖子扎得很紧——什么也看不见；隔着一层厚厚的布，外面的声音也听不太清楚；此外，嘴里塞着手帕，我的味觉也被破坏了。

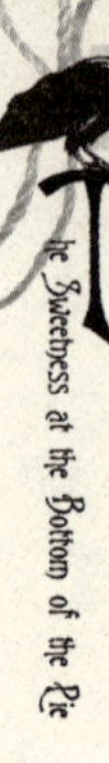

我的呼吸也很困难:嘴被塞着,鼻孔也被盖住了一部分,只要稍微动一下,就透不过气了。我需要保持安静。

此时,唯一能够超负荷运转的就是我的嗅觉了。虽然脑袋被套着,但维修坑里的臭气还是涌进了我的鼻腔。维修坑底堆积多年的那些酸土散发着冲鼻的酸臭味,让人想都不愿去想。其中还夹杂着陈年机油特有的甜香味,偶尔传来的过期汽油味,一氧化碳、橡胶轮胎的气味,也许还有一丝火花塞打火留下的气味。

当然,维修坑里还残留着我以前注意到的氨水味。蒙特乔伊小姐曾经跟我说过,这里有许多老鼠。对于老鼠在河边的这处长期废弃的建筑中横行肆虐,我自然是司空见惯的。

最让我觉得不舒服的是下水道里发出的臭味:难闻的甲烷、硫化氢、二氧化硫和一氧化氮的腐败气味混杂在一起,从河边的开放式管道传到了囚禁我的工具房里,真是让人难以忍受。

想想那些管道里的破东西,我就不寒而栗。还是别想了,好好研究一下这个维修坑才是正事。

我差点忘了自己是坐在地上的。彭伯顿命令我坐下,并推倒了我,当时我就知道吃惊了,竟然没有注意自己屁股底下坐的是什么。现在我缓过神儿来,才感觉到我坐的地方平坦、坚实而且稳固。我往后挪了下屁股,感觉到身后有一小处凹陷,同时传来了木头的嘎吱嘎吱声。我估计自己

可能靠在一个大茶叶箱或者类似的东西上了。彭伯顿是不是在教堂墓地绑架我之前,就预先把这东西放在这里了呢?

就在此时,我才发现自己早已饥肠辘辘了。细想一下,早饭还没吃什么,就被突然出现在我家窗口的彭伯顿打断了,之后我就滴水未进粒米未沾了。现在,胃开始抱怨起来,我不禁悔不当初,要是早上好好吃点吐司和麦片粥该多好啊。

再说,我现在早就疲惫不堪了,浑身一点力气也没有。昨晚我睡得不太好,现在还伤着风,真是吸口气都很难。

放松,弗拉芙,冷静点。彭伯顿马上就到巴克肖了。

真希望彭伯顿进屋去取"爱尔兰复仇者"的时候,被道格尔逮个正着,那样道格尔肯定会毫不含糊地了结了他。

可爱的老道格尔!我好想他啊!我和这个谜一般的人物住在同一屋檐下这么久,却从没想过当面问及他的过去。要是这次能侥幸逃脱这个地狱般的地方,我发誓一定会在第一时间找他私下里聊聊。我会撑船把他带到佛利,动之以情,晓之以理,把他的老底都掏干。看到我成功脱逃,他必定会感到宽慰的,也就不忍心拒绝我的要求了。

可爱的老道格尔为了保护爸爸而假装在发病的情况下杀死了博恩佩尼·贺瑞斯,对此我确定无疑。那天晚上他不是和我一起待在爸爸书房外面的走廊里了吗?他不是和我一样也听到了博恩佩尼死前和爸爸的争吵了吗?

没错,不管发生了什么事,道格尔都会善后的。道格尔

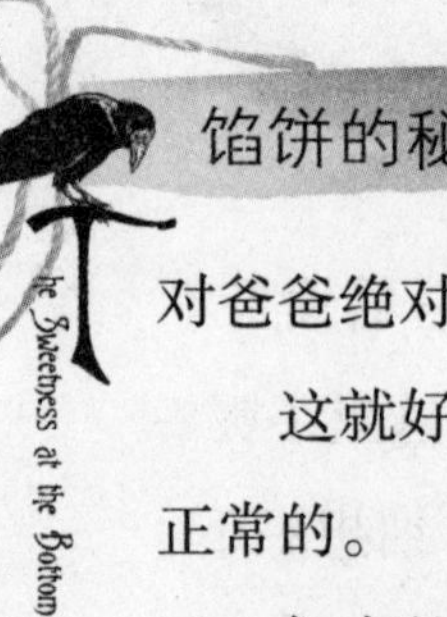

对爸爸绝对忠诚——对我也一样，矢志不渝。

这就好了。道格尔会解决掉彭伯顿的，一切都会恢复正常的。

但真的会像想象中的这样吗？

要是彭伯顿神不知鬼不觉地潜入了巴克肖，进了爸爸的更衣室，又会怎么样呢？要是他走到壁炉架前，把手伸到了挂钟钟摆后面，却只是找到了一枚残缺不全的黑便士邮票，结局又会怎样？如果事情真的演变到了那个地步，他会怎么做？

答案显而易见：他会回到工具房来折磨我的。

事实明摆着在那儿：我得在他回来之前逃出这个鬼地方。别浪费时间了。

我挣扎着站了起来，膝盖像干树枝一样噼啪作响。

当务之急是摸清维修坑里的状况：了解一下大致特征，好看看能不能找到可以协助我逃跑的东西。我把后背紧紧地贴在墙上，沿着坑底边缘慢慢地挪动着。因为两只手在身后被绑住了，我只能摸到身后的水泥墙，用指尖触摸着墙壁表面。如果运气好的话，没准儿能在墙上找到尖利的突起物，帮我磨断手上的绳索。

我的两只脚被绑得很紧，我甚至能感觉到踝骨的碰撞，所以只能像青蛙一样跳了。我只要一动，脚下的报纸就会沙沙作响。

我觉得应该走到维修坑的尽头时，突然感觉到一股冷

风吹到了我的膝盖上，好像下面有个开口似的。我转过身，面对墙壁，想用脚趾勾住什么东西。但我的脚被绑得实在是太紧了，这么做根本无济于事。只要稍有不慎，我就会结结实实地摔上一个大跟头。

我感觉手上很快就沾满了墙上的污秽物，这种酸臭味让我很不爽。

我琢磨着怎样才能爬到茶叶箱上去。那样的话，我的头就会超过维修坑的顶端，没准儿上面的墙壁上会有以前用来挂工具包或工作灯的钩状物呢。

重点是我必须先回到茶叶箱那里。

我的手脚都被捆得严严实实的，挪动起来可不是那么容易的事。不过我知道自己早晚都会绕上一周，重回原点的。

十分钟过后，我就像埃塞俄比亚猎犬一样气喘吁吁了，但还是没有碰到茶叶箱。我是不是错过它了呢？我到底是该继续前进还是循着原路返回呢？

也许茶叶箱就放在维修坑的中间，而我却在做着无用功，围着它打转呢。根据我上次的观察——当时维修坑上盖着木板，我并没有往下面看过——这个坑顶多也就八英尺[①]长，六英尺宽而已。

我的脚脖被绑上了，无论朝哪个方向跳，每次最多也就能挪动六英寸[②]：这样算起来，我就得大约横向跳动十二次，

---

① 8英尺=2.438 4米。

② 6英寸=0.152 4米。

竖向跳动十六次才能环绕坑底一周。不难得出,此刻我背靠着墙,只要跳动六到八次就能到达维修坑的中心位置。

此刻,我早就精疲力竭了,就像只无头苍蝇一样,找不到努力的方向。我正准备放弃,胫骨突然撞到了茶叶箱上,我马上坐到了箱子顶上,准备缓口气。

过了一会儿,我移动了一下自己的肩膀,先是向后移了一点,然后又向右移动了过去。转向左面时,我的肩膀撞在了水泥墙上。真是鼓舞人心啊!看来茶叶箱就靠在墙边——或者至少离墙很近。我要是能设法站起来,也许就能像水族馆里的海狮一样把自己甩出维修坑。出了维修坑,就更有可能找到钩子一类的突起物帮我把彭伯顿的外套从头上弄下来了。下面的事情就轻而易举了:我会先把手解放出来,再解放两只脚。从理论上来说这简直不费吹灰之力。

我小心翼翼地把身体转过九十度,背靠着墙,收起腿,膝盖正好碰到了我下巴上蒙着的外套。

茶叶箱边缘有一圈非常微小的突起,我正好可以把脚后跟抵在那里。接着我就慢慢地……小心谨慎地……伸开腿,背靠着墙一点点向上蹭。

现在,我们正好形成了一个直角三角形。维修坑的坑壁和茶叶箱的表面是两条直角边,而摇摇晃晃的我则成了那条弦。

这时,我的小腿肌肉突然一阵痉挛,我差点没叫出声

来。要是我忍不住疼痛，无疑会从箱子上掉下来，摔断一只胳膊或一条腿。我狠狠地咬着自己的嘴唇，马上就感觉到了一股温热的血腥味。我就这样强撑着，等着疼痛的感觉慢慢退去。

冷静点，弗拉芙，我给自己打着气：还有更糟糕的事呢。但实际上，在我短短十几年的人生中，还真是想不出有哪件事比这个更糟糕。

我不知道自己哆哆嗦嗦地站了多久，这个过程仿佛没完没了。我浑身浸满了汗水，不过不知道从哪儿来了股冷风，我赤裸的双腿还能依稀感觉到。

经过一番痛苦的挣扎，我终于站在了茶叶箱上。我尽可能用手指接触更多的墙面，可到处都是光滑一片，真让人恼火。

我像个肥胖的芭蕾舞演员一样，笨拙地把身体转了一百八十度，面对着我以为的坑壁方向。我把身体向前倾，感觉到——也许只是自我感觉而已——下巴正好位于维修坑上方。不过我的头被彭伯顿的外套蒙得严严实实，我也不能保证自己的判断是否正确。

根本就没有出路，至少这个方向是不可能逃出去的。我就像一只被关在笼子里的仓鼠一样，好不容易爬到了梯子顶部，却发现除了走回头路，哪儿都去不了。不过仓鼠心里肯定跟明镜似的，逃也没有用；而我们人类却无法接受无能为力的现实。

我慢慢跪在了茶叶箱上,上面的木头碎片和边缘的突起磨破了我光溜溜的膝盖,但不管怎么说,至少下去要比爬上来容易得多。我可以坐在茶叶箱边上,把腿沿箱子边缘滑下来,接触到地面。

要是找不到刚才的那股冷风是从哪里吹来的,那么唯一的出路就只有往上爬了。就算维修坑里真的有根通向河边的管道,那它的直径是否够大能让我爬过去呢?即使这根管道容得下我,会不会有阻塞呢?我又会不会在一片黑暗中碰上体形巨大的无脚蜥蜴这种恐怖的东西,而堵在管道里进退两难呢?

将来我的遗骨会不会被考古学家发现呢?那些骨头会不会被放在不列颠博物馆的玻璃柜里公开向世人展示呢?我的脑海里充斥着这些乱七八糟的问题。

等等!我怎么忘了维修坑最里面的那段台阶了呢?我可以坐到最底下的那级台阶上,然后向后一次一级台阶往上挪。等挪到台阶顶端时,我就可以用肩膀把盖在维修坑上的木板顶到一边。我怎么这么傻呢?怎么把自己折腾得筋疲力尽,才想到这个呢?

就在这时,一股奇怪的感觉传来,就像枕头一样抚慰着我。我还没弄清是怎么回事,更没来得及反抗,就招架不住了。我感觉到自己倒在了地上,旧报纸发出了沙沙的声音。虽然管道里的冷空气不断朝维修坑里涌来,但这些报纸让我感到异常温暖。

我调整了一下位置，像是要把身体埋进报纸堆里。我收起腿，把膝盖抵在下巴上，很快就睡着了。

我梦见达菲正在表演一部圣诞童话剧。巴克肖的大厅变成了金碧辉煌的维也纳大剧院，饰有红色天鹅绒帷幕，里面庞大的水晶烛台上一百多支蜡烛火光摇曳跳动着，亦真亦幻。

道格尔、菲莉、马利特夫人和我并排坐在椅子上，爸爸则坐在旁边的木雕椅上摆弄着他的那些邮票。

上演的剧目是《罗密欧与朱丽叶》。达菲凭借自己精湛的角色变换技艺，扮演着里面的所有角色。她这会儿还站在阳台（就是西侧楼梯顶端的那块地方）上扮演着朱丽叶，一眨眼的工夫就变身为罗密欧，出现在了楼梯的中央。

达菲不断地上下飞奔变换着角色，我们的心也随着感人的爱情誓言跃动着。

道格尔会不时把食指放在唇边，悄悄溜出去，一会儿工夫又推着独轮手推车回到大厅，把车上堆得满满的邮票放在爸爸脚边。爸爸则忙着用哈莉特的指甲剪把那些邮票剪成两半，他偶尔会抬头看上达菲两眼，咕哝两句，不过很快就又忙活自己的了。

只要朱丽叶的老侍女一出现，马利特夫人就会大笑起来。她的脸上泛起了红晕，还会瞥上我们几眼，似乎台词里隐藏着某些只有她能懂的信息一样。她用圆点花样的手绢擦着自己涨红的脸颊,在手里揉搓着手绢,团成一团塞在了嘴里,好控制住自己歇斯底里的大笑。

我偷偷看了菲莉一眼,虽然她的嘴看上去和鱼贩子筐里卖的死鱼没什么两样,但坐在她身后的内德还是被她迷得神魂颠倒。内德俯身向前,伏在菲莉肩膀上,抿着嘴唇,希望能得到她的吻。每当达菲从阳台奔到楼梯中间扮演罗密欧(不过,她那小胡子一点也不像蒙太古家族的人,倒更像《生死攸关》里的大卫·尼文)的时候,内德都会站起来使劲儿鼓掌,并时不时把两根手指放进嘴里吹起口哨来。不过菲莉可丝毫不为所动,一颗接一颗地往嘴里扔着薄荷糖,只是在罗密欧闯进朱丽叶的大理石墓穴时才倒抽了一口气:

因为朱丽叶睡在这里,

她的美貌使这一个墓窟变成一座充满着光明的欢宴的华堂。

这里没有死亡的……

就在这时,我惊醒了。真该死!有只毛茸茸、湿漉漉的小东西从我脚上跑了过去。

“道格尔!”我真想大声呼救,但嘴巴被潮湿的手帕堵得严严实实,根本就喊不出来。我的下巴疼得厉害,头也像刚从砧板上拉下来一样。

我双脚胡乱蹬了起来，那个小东西叽叽喳喳地尖叫着从蓬松的报纸中跑了过去。

原来是只河鼠。估计维修坑里全是这种小东西。我睡着的时候它们有没有咬我啊？想到这个，我不禁吓了一跳。

我坐直身子，背靠着墙，膝盖抵着下巴。童话故事里的事情根本就不可能发生，老鼠才不可能帮我咬断身上的束缚呢，它们倒更可能咬碎我的关节和骨头，而我连一点反抗的能力都没有。

别想这些没用的东西了，弗拉芙。赶快发挥你的想象力，离开这个鬼地方吧。

以前也有过几次类似的经历。在化学实验室工作或者晚上躺在床上，我会不经意地产生这样的念头："弗拉维亚·德卢斯，只剩下你孤零零的一个人了！"这种念头有时候会让我心生恐惧，有时候又能让我变得更加坚强。而这一次情况就很吓人。小动物跑动的声音听起来十分真切，河鼠正在维修坑角落的报纸下乱窜。如果我动一下腿脚或者脑袋，那声音就会停止一会儿，不过一会儿工夫就又出现了。

我到底睡了多久？是几个小时还是几十分钟？外面到底是白天还是夜晚了呢？

我记得图书馆要到星期四早晨才会开门，今天才星期二，看来我得在这儿待上很长一段时间了。

自然会有人把我失踪的事报警，那个人很可能就是道

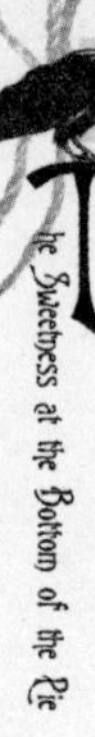

格尔。希望道格尔能在彭伯顿去巴克肖行窃的时候抓他个现行，不过这样想是不是不切实际呢？就算彭伯顿被抓住了，他又会不会老实交代把我藏在什么地方了呢？

我的四肢逐渐麻木起来，这让我不禁想起了经常被孙辈们用轮椅推到主街上的那个老头厄尼·福布斯。在战争中他失去了一只手，两条腿也坏死了。菲莉曾对我说过他只能……

别胡思乱想了，弗拉芙！你可不是只会哭的小孩子了！

想点别的吧，什么都行。

比如说想想复仇吧。

25

有些时候，特别是被人关起来的时候，我总会像斯蒂芬·巴特勒·里柯克[①]故事里的人物一样，任思维天马行空起来。

我真不愿意承认，首先出现在我脑海里的那些事情大部分和毒物有关：这些毒物大都涉及平常的家用品，而这些故事的主人公都是弗兰克·彭伯顿。

我的思绪飘回到了我和弗兰克·彭伯顿在"公鸭十三"初次相遇的情景。当时，我看见他乘坐的出租车在旅店门口停下来，听见塔利·斯托克对玛丽说他来早了，我却没有正眼瞧上他一下。直到上个周日在佛利我才第一次真正和

① 斯蒂芬·巴特勒·里柯克：Stephen Butler Leacock，著名的加拿大作家，也是加拿大第一位享有世界声誉的作家。在美国，他被认为是继马克·吐温之后最受人欢迎的幽默作家。

他打了个照面。

那天，彭伯顿突然现身巴克肖，我也觉得有好几处不自然的地方，却没时间细想这些事。

我一直以为，彭伯顿是在博恩佩尼·贺瑞斯死在我面前后才到达莱西教区的，可真的是这么一回事吗？

当我在雨中抬头看到彭伯顿站在湖边时，不由得吃了一惊。为什么会如此呢？巴克肖是我的家，我出生在那里，一直住在那里，从未离开过一步。那看到一个男人站在人工湖边，我又有什么可奇怪的呢？

我觉得这个问题的答案一直隐藏在我的潜意识里。只是我并没有直视这个答案，而是一直想着别的事情——或者说至少是在假装想着别的事情。

见到彭伯顿的那天，一直在下雨。雨刚下起来的时候，我坐在神庙的台阶上，猛然看到他站在南边的湖对面，确切地说，应该是湖的东南面。那么，他又为什么会出现在那个方向呢？

对于这个问题，我也早就知道了答案。

莱西教区位于巴克肖东北面，出了栗树大道的马尔福德门，有条蜿蜒的小路向东直通向村子。但彭伯顿出现在东南面的多廷斯利方向。多廷斯利离巴克肖大约四英里远，中间都是泥泞的田野。那么，彭伯顿为什么会选择这条路呢？答案似乎不多，我在心里匆匆记了下来：

一、如果（像我怀疑的那样）彭伯顿的确是杀

害博恩佩尼·贺瑞斯的真凶，他会不会像人们常说的那样回到犯罪现场看一眼呢？他会不会是落下了什么东西？比如凶器什么的？他是不是想回巴克肖取回来呢？

二、因为他前一天夜里已经来过巴克肖，所以故意选择了田野这条路，以防被人发现。（去巴克肖的目的同第一点）

会不会是彭伯顿觉得博恩佩尼带着"爱尔兰复仇者"，因此在周五晚上从莱西教区一路尾随博恩佩尼来到巴克肖，并杀了他呢？

不过等等，弗拉芙。耐心点，别信马由缰了。

如果果真如此，为什么彭伯顿不把博恩佩尼的尸体扔在这一带随处可见的路边灌木丛里呢？

我马上就想到了答案，似乎这个答案就刻在皮卡迪利广场[1]的霓虹灯上一样：彭伯顿想把罪名栽在我爸爸身上。

因此，博恩佩尼必须死在巴克肖！

他当然得这样干！爸爸是个不折不扣的隐士，几乎从不出门。凶手——特别是那些想把罪名转嫁到爸爸身上的凶手——必须事先周密计划，设计好每个细节。显然爸爸热爱集邮，把与邮票有关的案件嫁祸到他身上再合适不过

① 伦敦皮卡迪利广场：索霍区的娱乐中枢，它由纳什于1819年设计，以实现摄政王连接卡尔顿宫和摄政公园的梦想。这个热闹的十字路口区以"爱神"像为中心。

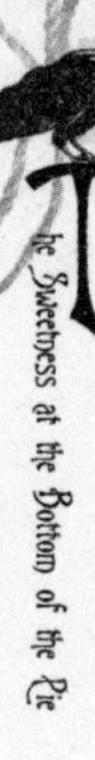

了。要是爸爸不大可能出现在犯罪现场,那么就把犯罪现场移到爸爸身边好了!

就是这么回事。

虽然我早在几个小时前,就把事件的前因后果,至少是主要联系组合起来了。但直到现在,被人关了起来,独自一人,我才逐渐看清了事件的全貌。

弗拉维亚,我为你感到骄傲!连玛丽·安妮·保尔泽·拉瓦锡夫人也会为你骄傲的!

事情是这样的:彭伯顿肯定是从多廷斯利就盯上了博恩佩尼,没准儿是从斯塔万格就跟上了。几周前,爸爸还在国际邮展上看到了他俩——这是他们不在国外的有力证据。

也许就像他们合谋杀害了特文宁先生一样,他们一起合谋了讹诈爸爸的计划。但是彭伯顿还有着自己的如意算盘。

博恩佩尼欢天喜地前往莱西教区(他又有什么地方可去呢)的时候,彭伯顿在多廷斯利下了火车,入住在快乐车夫旅店。这点绝对没错。接着,他只要在案发当天晚上,穿越田野走到莱西教区就可以了。

后来,博恩佩尼离开旅店,徒步前往巴克肖。在确认博恩佩尼出门,毫无察觉的情况下,彭伯顿设法搜查了博恩佩尼在"公鸭十三"所住的房间。他搜查了房间里的每样东西——包括博恩佩尼的行李——却一无所获。他当然不可能像我一样打开行李箱上贴的旅行贴纸。

那个时候，他一定火冒三丈。

彭伯顿悄悄从旅店溜走以后（多半是从陡峭的后楼梯逃跑的），循着博恩佩尼的足迹来到了巴克肖。他俩一定是在我家的菜园里吵了起来。我怎么没有听到他俩的吵架声呢？我暗自思忖。

没用上半个小时的工夫，彭伯顿就把博恩佩尼杀了，并翻找了他的衣袋和皮夹。不过他没有找到“爱尔兰复仇者”，因为博恩佩尼毕竟没有随身携带邮票。

彭伯顿杀了博恩佩尼以后，趁着夜色穿越田野回到了多廷斯利的快乐车夫旅店。第二天早晨，他又带着行李乘上出租车出现在“公鸭十三”门口，假装自己是刚乘火车从伦敦过来的。他肯定又搜查了一遍博恩佩尼的房间。虽然要冒点险，但很有必要。邮票不在博恩佩尼的身上，就一定藏在他的房间里。

对于事件的前因后果，我曾经琢磨了很长一段时间。虽然暂时还没能把余下的线索完整地串联起来，不过我和快乐车夫旅店老板克利弗先生之间的通话却证实了彭伯顿曾经出现在多廷斯利。

现在回想起来，一切就都说得通了。

我暂时停止思考，倾听着自己的呼吸。此刻，我的头埋于膝盖间，形成倒“V”形，呼吸缓慢而有规律。

就在这时，我想起了爸爸告诉过我们：拿破仑曾经把英国称为“店小二民族”。拿破仑先生，你完全搞错了！

我们刚刚经历了一场可怕的战争：黑夜里，成吨的炸药

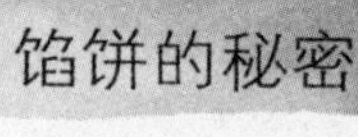

从空中倾泻而下。我们是“幸存者的国度”。连我，小小的弗拉维亚·萨拜娜·德卢斯，都能清楚地知道这一点。

于是我不禁轻声念起《诗篇》第二十三章中的一段来祈福。毕竟谁也不知道未来会怎样啊。

现在，再把思绪转到谋杀上来吧。

博恩佩尼·贺瑞斯那张濒死的脸又一次在黑暗中出现在我面前，他那一张一合的嘴像落在岸边草丛里的鱼一样喘息着。他说完最后一个字“Vale”便停止了呼吸，说这句话时，我的鼻子恰巧伸到了他的嘴巴前面，闻到了他嘴巴里的一股四氯化碳气味。

毫无疑问，那种味道就是四氯化碳的气味。四氯化碳是一种非常有趣的化合物。

对于我这种精通化学的人来说，四氯化碳的甜味虽然转瞬即逝，但绝对不会弄错的。四氯化碳是麻醉师在手术中使用的氯仿的主要成分。

在四氯化碳（只是诸多别名中的一个）中，四个氯原子花团锦簇地簇拥在一个碳原子周围。它是一种强力杀虫剂，现在还不时用来对付钩虫病，消灭那些栖息在人和动物内脏器官里的小寄生虫。

不过它还有更为广泛的用途：集邮者常会用四氯化碳除去邮票上几乎看不到的水印。爸爸书房里就有一瓶四氯化碳。

我立刻想到了博恩佩尼在公鸭十三旅店的那个房间。我怎么会觉得馅饼里有毒呢？真是个十足的大傻瓜啊！这

可不是格林童话，而是发生在弗拉维亚·德卢斯生活里的真实一幕啊！

馅饼皮就是普通的馅饼皮而已。离开挪威以前，博恩佩尼除去了馅饼里的馅，塞进了恐吓爸爸用的沙锥鸟。他正是用这种方法把死沙锥鸟偷渡进英国的。

我在博恩佩尼的房间里并没有遗漏什么。当然，在博恩佩尼携带糖尿病患者最常用器具的工具包里，缺少了一样东西，那就是针管。

彭伯顿杀害博恩佩尼前，曾翻过他的房间，碰巧发现了针管，于是就把针管放在口袋里带走了。对此我确定无疑。

他们是最佳的犯罪拍档，没人比彭伯顿更清楚针管对博恩佩尼生命的重要意义。

就算早就计划好了杀害博恩佩尼的方法——往后脑上来一石头或者用柳树枝勒死什么的——但对于彭伯顿来说，博恩佩尼行李中的针管却好像神赐的礼物一样，让他马上改变了自己的计划。想到博恩佩尼死前的惨状，我不禁打了个冷战。

我能想象得出两个人在月光下搏斗的情景。博恩佩尼个子高大，但并不强壮。彭伯顿可以像狮子扑倒小鹿一样轻而易举地把他扑倒在地。

接着彭伯顿拿出了偷来的针管，把四氯化碳注入了博恩佩尼的大脑皮层。事情就是这个样子。整个过程不过几秒钟，效果却瞬间就能显现出来。我确信博恩佩尼就是这样死的。

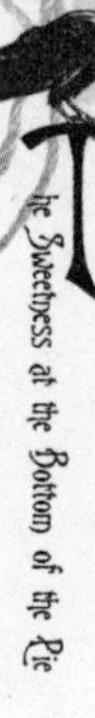

四氯化碳不太可能是咽下去的。只有吞咽下大剂量的四氯化碳才能致人死命,而咽下一点四氯化碳人马上就会呕吐了。这么多四氯化碳怎么可能吃得下去?

相反,只要在大脑皮层里注射五毫升四氯化碳,就能置一头强壮的公牛于死地。

四氯化碳的甜味马上就会传到博恩佩尼的嘴巴和鼻腔,我当时闻到的正是这种气味。但等到休伊特警长和助手赶往现场时,这股气味早就在空气中挥发得无影无踪了。

这简直是天衣无缝的犯罪了。要是当时我没有下楼来到菜园,那这个计划简直就无懈可击了。

在此之前,我从来没有想到过这一点。我的不断出现会不会令弗兰克·彭伯顿失去了自由呢?

突然传来一阵刺耳的摩擦声。

我判断不出声音是从哪个方向传来的。我侧着脑袋,声音却马上就消失了。

接下来的一两分钟,我什么声音也没听见。我竖着耳朵,却只能听见自己的呼吸声。我的呼吸变得越来越急促,越来越尖锐了。

忽然,那声音又出现了!像是块木板在粗糙的物体表面慢慢地拖动着,发出刺耳的摩擦声。

我很想大喊一声“谁在那里”,但我的嘴里塞着手帕,一点缝隙也没有,我只能发出低沉的哼哼声。

那就仔细倾听,先别采取行动吧。老鼠是不可能挪动木板的。要是我没搞错的话,工具间里不止我一个人了。

我像条蛇一样，不断地调整着脑袋的角度，期望利用自己敏锐的听觉搞清楚目前的状况。但是脑袋上套着厚厚的粗花呢外套，我只能听见最响亮的那几声声响。

刺耳的摩擦声倒没有什么，反倒是声响之间的沉默让我越来越不自在。不管出现在工具房里的人是谁，大概都不想让外人知道吧。难道他故意保持沉默，只是为了让我紧张吗？

接着似乎有鹅卵石掉在了大石头上，传来了“嘎吱”一声和微弱的“嘀嗒”声。

我像缓缓绽放的花朵一样，慢慢把两条腿从身前探了出来。没有碰到任何东西，我马上又把它们收了回来，抵在了下巴底下。我觉得还是蜷缩起来，这样目标会小一点。

我把注意力全部集中在两只绑在背后的手上了。说不定会有奇迹发生呢；说不定丝绸拉到一定程度会松弛呢。但这种好运气没有降到我的头上来。我的手指已经麻木了，可以感觉得到绳索绑得和刚才一样紧，根本不可能挣脱出来。看来，这回我可真要死在这里了。

我要是死了，会有人想念我吗？

没有任何人。

适当的哀悼一番后，爸爸就会回到他的邮票世界中，达芙妮会从巴克肖的藏书室里再找出一盒书，奥菲莉亚则会寻找一款新口红。用不了多久，生活中就不会有我的痕迹了，就像我根本不曾存在过一样。

没有人爱我，这是事实。我小时候，哈莉特也许非常爱我，但她早就死了。

想到这儿，我不禁泪流满面。

这真让我震惊。自打记事时起，我就最讨厌哭了。而现在，我眼里噙着泪水，一张慈祥的面孔出现在了我眼前——陷在悲惨境地里的我差点把他给忘了——这就是道格尔。

如果我死了，至少道格尔会感到孤独的。

振作点，弗拉芙……不过是个小小的维修坑而已，难不倒你的。达菲给我们讲的那个有关坑洞的故事是怎么说的来着？就是那个埃德加·爱伦·坡[①]关于钟摆的故事。

别去想那些无关紧要的事情！我得想想怎么才能逃出去！

接着我又想到了加尔各答黑洞[②]，孟加拉行政长官西拉杰·乌德·达乌拉往三个人住的监狱里塞进了一百四十六个英国士兵。

在那个蒸笼中，有多少人熬过了那个恐怖的夜晚呢？我记得只有二十三个人侥幸生存吧，到了天亮，活下来的这二十三个人也全疯了。

不！弗拉维亚是绝对不会落下如此下场的。

---

① 埃德加·爱伦·坡：Edgar Allan Poe，1809—1849，美国作家、文艺评论家，其中一部作品为《陷坑与钟摆》。

② 加尔各答黑洞：法国于1756年6月间在孟加拉国仓促建立，用来监禁英国俘虏的场所，是威廉堡一间环境极为恶劣的普通小土牢，面积只有4.3米×5.5米。1756年6月20日，监禁于此的英国人与印度佣兵一百二十余人均窒息身亡，引起了国际争论。

我的脑袋像只纺纱锤一样不停地旋转着。我深吸了一口气，想稳定一下自己的情绪，没想到鼻子里竟充满了浓烈的甲烷味道。哈哈，想到办法了。

通向河边的管道里都是甲烷。只需要点把火，就能引起大爆炸，到时候又够人们议论上一些年头了。

现在我得找到管子一头，使劲儿把它踢开。要是运气好的话，我鞋底上的钉子应该能摩擦出火花，甲烷就会爆炸的。事情就是这样。

这个计划的唯一缺点就是，甲烷爆炸的时候，我就站在管道的一头，很难不受半点伤害。到时候，我可就成了堵在加农炮炮眼上的家伙，首当其冲了。

真是的，这个该死的加农炮！总之，我才不会乖乖地在这个臭坑里等死呢。

我使尽浑身力气，蹬住脚下的地面，背靠着墙壁，勉强站了起来。从地上站起来可比我想象得费劲儿多了，过了好长时间，我才摇摇晃晃地站直了身子。

没时间胡思乱想了。必须尽快找到甲烷的来源，不然我就没命了。

当我试着朝想象中的管道方向跳去时，一个冰冷的声音飘进了我的耳朵：

“弗拉维亚，现在轮到你了。”

原来是彭伯顿回来了。听到他的声音，我的心都快跳出来了。他说这话是什么意思？“弗拉维亚，现在轮到你了”？他是不是已经对达菲、菲莉或者老道格尔做了什么可怕的事情了呢？

我还没来得及细想，彭伯顿就紧紧地抓住了我的上臂，和上回一样，他的指尖深深地嵌在了我的肌肉里。我想大声呼救，却什么声音也发不出来。我想我要吐了。

我使劲儿摇着脑袋，似乎过了好长时间，他才松开了我。

“不过弗兰克和弗拉维亚得先好好谈谈。”他的语气非常愉悦，仿佛正和我徜徉在公园里。但我马上意识到此时自己正孤身一人与这个疯子处于加尔各答黑洞中。

“我这就把套在你头上的衣服拿掉，你明白吗？”

我一动不动地站在那里，等着他处置。

“弗拉维亚，你给我听好了。你要是不按我说的去做，我就杀了你。这对于我来说易如反掌，你明白吗？”

我轻轻点了点头。

“这就对了，站着别动。”

我感觉到他草草地解开了打在外套上的绳结，光滑的衬里马上滑过了我的脸庞，外套从我脑袋上被摘了下来。

手电筒发出的光像锤子一样向我袭来，我的眼睛一时适应不了，什么也看不到。

我吃惊地往后缩了缩，闪烁的星星和黑色的块状物交替出现在我的眼前。我在黑暗里待的时间太久了，即使零星的一点光线都很难忍受，更何况彭伯顿故意把手电筒的强光直接对准我的眼睛呢？

我的手还绑在背后，没法遮住眼睛，所以只能把头扭向一边，闭上眼睛，等待着恶心的感觉逐渐退去。

“很痛苦，是吧？”他说道，“不过你要是继续跟我说谎的话，我会让你吃更大的苦头。”

我睁开刺痛的双眼，尽力将目光投向维修坑光线昏暗的地方。

“看着我！”他命令道。

我转过头，眯着眼睛看着他，眼神一定充满着恐惧。手电筒发出的强光像炙热的太阳一样灼烤着我，我一点都分辨不出站在手电筒后面的男人模样。

估计是要够了，彭伯顿慢慢地把手电筒光线从我脸上挪开，转向了地面。他继续在黑暗中向我发号施令。

“你竟敢对我撒谎!”

我做了个耸肩的动作。

“你竟敢对我撒谎!”彭伯顿又大声说了一遍，这次听得出来语气很紧张，“除了不值一文的黑便士邮票以外，钟里什么东西都没有。”

这么说，他已经去过了巴克肖！我的心像困在笼子里的鸟一样扑通扑通直跳。

“哦!”我给了个动静。

彭伯顿反应了一会儿，没有采取行动。

“一会儿我会把手帕从你的嘴巴里拿出来，不过我先得给你看样东西。”

他从维修坑的地上捡起粗花呢外套，把手伸进外套口袋，拿出一样闪着光芒的玻璃金属混合物。原来是博恩佩尼的针管！他把针管拿到我眼前，让我细细瞧瞧。

“在旅店和你家的菜园里，你一直在找这个东西，是吧?它其实一直在我的口袋里。”

他像猪一样拱起鼻子笑了笑，坐在了台阶上，把手电筒夹在膝盖之间，举起针筒，又从口袋里找出一个棕色小瓶。他拿掉瓶盖，敏捷地往针筒里注满药液，我这才看清了标签上的字。

“鬼丫头，我想你一定知道这是什么东西，对吧?”

我盯着他的眼睛，没有做出任何回应。

“别以为我不知道该把针打在哪里。我在伦敦医院解剖室里的那些日子可不是白过的。把老伙计博恩佩尼打倒之后,注射就易如反掌了:把针头偏向一面,穿过头夹肌和头半棘肌,对准寰枢关节扎下去就大功告成了。四氯化碳一会儿的工夫就挥发没了,不会留下任何痕迹的。可以这么说,真是天衣无缝的犯罪啊!"

和我推测的完全吻合!不过现在我连其中的细节都知道了!这个男人真是个冷静又疯狂的家伙!

"你给我听好了,"他说,"我这就把手帕从你的嘴里拿出来,你把'爱尔兰复仇者'的去向给我交代清楚了。说错一个字……或者乱动一步,我就……"

他举着针管,几乎碰到了我的鼻尖,他轻轻地向上推了推活塞,几滴露水般的四氯化碳立即出现在针尖上,滴到了地上。我又闻到了四氯化碳那熟悉的甜甜的味道。

彭伯顿把手电筒放在台阶上,调整好手电筒的位置,对准了我的脸,接着又把针管放在了手电筒旁边。

"张开嘴。"他说。

我的脑海中马上闪过一个念头:拿掉手帕时,他会把拇指和食指伸进我的嘴巴,我可以使尽浑身力气把他的手指头连根咬断!

但接下来我又能怎么办呢?我的手和脚还被牢牢地绑着,什么也做不了。即使是受了重伤,彭伯顿也能像弄死只蚂蚁一样,轻而易举地把我杀了。

我把疼痛的下巴稍微张大了一点。

"再张大点儿。"他往后退了一步,说道。眨眼之间,他就冲了过来,从我嘴里取出了被口水浸湿的手帕。手电筒的光线正好被他庞大的身躯挡住了,所以他并没有看到手帕在黑暗中掉落在地时闪过的那道橙色光芒。而这一切我却看在眼里。

“谢谢。”我说道,嗓音沙哑低沉。死亡游戏的第二幕隆重登场了。

彭伯顿像是被我的反应吓了一大跳。

“肯定是有人发现了它们,”我说道,“我是说那两枚邮票。我真把邮票放在钟摆后面了——我发誓。”

我马上意识到自己现在的处境是骑虎难下了。要是老实交代的话,彭伯顿没有理由留下我的小命。毕竟,只有我才知道他是杀人元凶。

“除非……”我忙补充了一句。

“除非?除非什么?”

听到我的话,他似乎有点饥不择食。

“我的脚,”我呜咽着说道,“我的脚疼死了,根本没办法思考……行行好,至少把绳索松开一点好吗?”

“没问题,”他不假思索地答应了我,“但我可不会解开你手上的绳索,那样你就跑不了了。”

我忙向他点了点头。

彭伯顿跪下身子,松开了绑在我脚上的皮带扣,皮带从脚踝处掉了下来。我攒足力气,一脚朝他嘴上踢去。

他踉踉跄跄地往后退了几步,头正好撞在后面的水泥墙上。我听见了玻璃物体掉落地上的声音,然后弹到了角

落里。彭伯顿顺着墙壁跌坐在了地上,我乘机朝台阶处逃去。

我步履维艰地朝上爬……一……二……笨拙的双脚正好踢在手电筒上,手电筒掉到了维修坑的地面上,光线正好照亮了彭伯顿鞋底。

三……四……我脚底发软,好像被从脚踝处砍去了一样,每一步走得都很艰难。

五……

此时,我的头顶应该高于维修坑了,不过,屋子里还是一片漆黑,只有从折叠门的小窗上隐约透进来的一点点红色光亮。外面一定是黑天了,我一定睡了好几个小时。

我尽可能地回忆着门的位置,下面的维修坑里传来了一阵忙乱的摸索声。手电筒的光线投射在工具房的屋顶上,彭伯顿突然蹿上台阶,向我扑了过来。

他伸开双臂一把抱住我,使劲儿搂着,我都喘不上气来了。我甚至听到了肩膀和手肘上的骨头被捏碎的声音。

我想踢他的小腿,但他很快就把我制服了。

我们两个像旋转的陀螺一样,从房间这边蹭到那边,又从那边蹭回这边,互相较着劲。

"啊!"他突然失去了平衡,拽着我一起掉进了维修坑。

随着"砰"的一声巨响,彭伯顿跌到了坑底。几乎与此同时,我掉到了他的身上。我听见他喘着粗气,大声呻吟着。他会不会是摔断了脊椎?还是会马上站起来,像摆弄布娃娃一样摆弄我?

彭伯顿突然用力把我扔了出去，我一下子脸朝下落在了维修坑的一角。我像只尺蠖一样，蠕动着身体想要站起来，但已经来不及了：彭伯顿粗暴地抓住我的胳膊，拉着我朝台阶走去。

这种事对于他来说简直是手到擒来。他蹲下身子，拿起掉在地上的手电筒，朝台阶照去。我本以为针管掉在地上摔碎了，但现在看来，掉在地上的那个应该是药瓶。我飞快地瞥了一眼他手里的针头——紧接着就感觉到针头扎在了我的脖颈。

我现在只有一个念头，那就是拖延时间。

"特文宁先生是你们杀的吧？"我大口大口地喘着粗气，"都是你和博恩佩尼干的好事。"

我的话似乎打了个他措手不及，他紧抓着我的手竟稍微松了点。

"你怎么会这样想？"他伏在我耳边低声说道。

"站在钟塔上的是博恩佩尼，"我说，"喊'Vale'的也是博恩佩尼！他模仿了特文宁先生的声音，而你把特文宁先生的尸体从钟塔的裂缝处推了下去。"

彭伯顿用鼻子重重地吸了口气。"这些都是博恩佩尼告诉你的？"

"我在钟塔的石板底下找到了制服和帽子，"我说道，"是我自己猜出来的。"

"你这个小丫头还真是聪明。"他的语气里甚至带着几分遗憾。

“现在你杀了博恩佩尼,邮票就是你的了。不过你得先知道邮票的下落。”

这句话似乎激怒了他。他又紧紧地抓住我的胳膊,拇指肚深深地嵌在了我的肌肉里。我痛苦地尖叫起来。

“我最后问一遍,弗拉维亚,”他低声呵斥道,“你把那两枚该死的邮票藏在哪儿了?”

接下来是漫长的沉默,我身上的疼痛一点点麻木起来,意识也一点点消失了。

难道这就是弗拉维亚的结局吗?

如果真是这样的话,哈莉特现在会不会正在看着我?此时此刻,她会不会坐在云端,双腿垂荡在半空中,大声呼唤着我:“噢,弗拉维亚!不要这样,别告诉他!危险,弗拉维亚,要小心啊!”

即使她这样做了,我也听不见。也许我远没有菲莉和达菲离哈莉特那么近;也许在三个女儿之中,哈莉特最不看重我。

事实上,在哈莉特的三个女儿中,只有我没有关于她的记忆。这事说起来还真让人觉得可悲。菲莉像个守财奴一样独占了七年妈妈的爱;达菲则一直强调,虽然哈莉特死的时候她只有三岁,但她还是清晰地记得哈莉特是个爱笑的苗条女人,还记得天气晴朗的时候,哈莉特给她穿上漂亮的衣服,放在铺在草地的毛毯上,用照相机给她拍照,然后赏给她一小根腌黄瓜的情景。

彭伯顿又拿针刺了我一下,我这才回到了现实之

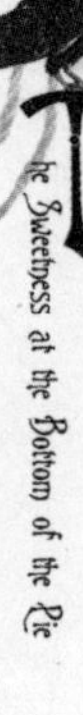

中——这一针正中我的脑干。

"'爱尔兰复仇者'在什么地方?"

我用手指指向躺在维修坑边缘角落里的球状手帕,彭伯顿拿着手电筒朝那个方向照去。我扭过头向上看,据说古时的圣人寻求救赎时就是这么干的。

一阵模糊不清的沙沙声突然传入了我的耳际,就像是有只机械翼龙在工具房外扑扇着翅膀。过了一会儿,随着巨大的碰撞声,一大块玻璃破碎地洒落在地。

维修坑上面的工具房洒满了明亮的黄色光芒,几团蒸汽在光线的映照下,像幽灵一样四处游荡着。

我愣在原地,抬头看着维修坑上面那个似曾相识的影像。

我受够了!我要疯了!

在我头顶上,哈莉特的罗尔斯像只猛兽一样剧烈地震颤着。我抬起头,正好看到轿车的底盘。

我还没来得及眨眼,就听到车门被推开了,一阵脚步声传来。

彭伯顿跳上台阶,抱头鼠窜。爬到台阶的顶端时,他停了下来,想在坑口与轿车前保险杠之间找到一条去路。

一只大手突然抓住了彭伯顿的衣领,把他一把拽出了维修坑。他的鞋马上在头顶的灯光中消失了。上面竟然传来了道格尔的声音!——"别怪我的胳膊肘不讲情面。"

头顶传来一阵嘎吱嘎吱的声响,有东西像袋萝卜一样重重地摔在了地板上。

那个影像出现时，我还晕乎乎的呢，恍惚间只是隐约看见一团白花花的东西从轿车和坑口之间飞奔而下。

它抱住我，伏在我肩上哭泣着，我这才感觉到原来那是纤弱的身躯像片叶片一样颤抖着。

“小傻瓜！你这个小傻瓜！”她一遍遍哭喊着，粗糙的红嘴唇贴着我的脖颈。

“是你啊，菲莉！”我这才恍然大悟，“你最好的衣服上怎么都是汽油啊！”

工具房外的奶牛巷上出现了我做梦也想不到的一幕：菲莉紧紧地搂着我的腰，蹲在地上啜泣着；我一动不动地站在那里，没有反抗，也没有拒绝，仿若我们在月光的笼罩下已经全然融为一体。

莱西教区的人一个个地来了。天色早就暗了下来，他们像市议员一样大呼小叫着，讨论着手电筒光线映衬下的景象；讨论着被轿车撞坏的巨大开口——那里本是工具房的门；讨论着巨大的撞击声在村子里响起时，各自在做着什么。眼前的一幕不禁让我想起了话剧《世外桃源》，那里的村民每百年才会复生一日。

哈莉特的幻影此刻正躺在工具房前静静地冒着汽，散热器里冒出的水一滴滴落入到尘土之中——漂亮的散热器在撞击工具房的大门时被刺破了。几个健壮的村民——我注意到其中一个是塔利·斯托克——正把笨重的轿车往后拖，好让菲莉把我从维修坑里领出来；前大灯发出了强烈的

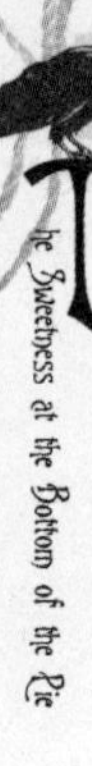

光，人们都围了过来。

菲莉站了起来，她还是紧紧地搂着我，兴奋地冲我磨叨着。

“我告诉你啊，我们一直跟着他呢。道格尔知道你没回家，所以发现有人在家附近闲逛时，他就……”

我这辈子，还是第一次听到菲莉跟我说这么多话呢。我站在原地，慢慢地品味着这些话的含义。

“当然，他先给警察打了电话。然后他说如果我们跟着这个男人……如果我们不开车头灯，悄悄尾随着这个男人……哎呀，我的天啊！你真该看看我们是怎么在公路上飞驰的！”

这回还多亏了这辆老罗尔斯了，我心里想。不过要是爸爸看到了车上的伤痕，肯定会大发雷霆的。

蒙特乔伊小姐站在一边，紧紧地拽着肩上的羊毛披肩，恶狠狠地望着工具房大门处被撞出的那个大洞，似乎造成的巨大的图书馆财产损失根本无法弥补。我看着她，希望能把她的注意力吸引过来。不过她却紧张地看着自己小屋的方向，仿佛今天夜里已经受了很大刺激，该回家了一样。

马利特夫人也来了，身旁站着的那个矮胖男人显然是在阻止她。这个人一定是她的丈夫阿尔夫，和我想象中的完全不一样。如果马利特夫人是一个人来的，一定会冲过来把我搂在怀里，不顾一切地哭喊着，但阿尔夫显然更清楚，在公众面前弄得我们很熟的样子并不合适。我对她浅浅一笑，她用指尖碰了一下眼睛以示回应。

就在这个时候，达比医生像晚间散步一样不慌不忙地来到了工具房。虽说达比医生一派气定神闲的姿态，我还是发现他随身携带着自己的黑色医疗包。急救车就停在主街的街角。他一定也听到了车子撞击工具房所引起的巨大声响，才到这儿来的。他把我从头到脚仔细检查了一遍。

"感觉还好吧，弗拉维亚？"他俯下身，仔细地查看着我的眼睛。

"我很好，谢谢您，达比先生，"我愉快地说道，"您呢？"

他把手伸进口袋去拿糖块。还没等糖袋完全掏出来，我就开始流口水了。我被绑了好几个小时，嘴巴上还塞着手帕，早就渴得不行了。

达比先生打开糖包，在里面精挑细选了好一阵儿，才选出一块心仪的，扔进了嘴里。给我做完检查，他就回家了。

一辆汽车从主街拐到了奶牛巷上，人群立即朝两边闪开让出一条路来。汽车靠石墙停了下来，从里面下来两个人，并排站在了橡树下。在车前灯的映衬下，能看得出来，这两个人是玛丽和内德。他们没有走上前来看热闹，而是躲在阴影中腼腆地对着我傻笑。

菲莉看到他们在一起了吗？我想多半是没有，因为菲莉还在鼻涕一把泪一把地向我讲诉着营救的过程。如果菲莉看到了他们两个，肯定会毫不留情地大打出手，我也就只能顶着一头蓬乱的头发马上站起来观战了。达菲曾经跟我说过，真正的骚乱都是富家女挑起的。菲莉在这方面绝对不会逊色于任何人，这一点我再清楚不过了。趁着菲莉不

注意,我偷偷向内德竖起了大拇指,以示庆贺,同时也为自己的大胆行为感到自豪。

沃克斯豪尔轿车的后门打开了,休伊特警长从里面钻了出来。几乎与此同时,格雷夫斯警官和伍尔默警官也从车前座闪了出来。他们以惊人的优雅姿态踏上了奶牛巷。

伍尔默警官快步走到道格尔身边。此刻,道格尔正扭着彭伯顿的胳膊,控制着彭伯顿,所以他只能蜷下身子,像擎天神阿特拉斯的雕像[①]一样将所有重量集中于肩上。

“我这就把他带走,先生。”伍尔默警官说道。随后我仿佛听到了彭伯顿被铐上手铐的“咔嗒”一声。

道格尔看着彭伯顿一瘸一拐地向警车走去,然后转过身,慢慢地朝我走来。快走到我身边时,菲莉激动地伏在我耳边低声说道:“是道格尔想到了用拖拉机的蓄电池来发动罗易斯的,你可得好好谢谢他。”

说完她就放下我的手,走开了。

道格尔垂下双手站在我面前。要是有顶帽子的话,他此刻一定在拧着帽子。我们就这样一动不动地站在原地,看着对方。

我可没打算用蓄电池的事挑起话头,再借机表达我的谢意。我只想说:他的英勇无畏以后必将在莱西教区广为传诵。

---

① 阿特拉斯的雕像:阿特拉斯,Atlas,希腊神话中的大力神。阿特拉斯雕像,Atlas Statue,重约6 350千克、高约4.5米,雄踞在约3米高的基座上,雕像位于国际大厦门口。著名雕塑家李·劳瑞共有15件作品在洛克菲勒中心陈设,这是其中的一件。

就在此时，沃克斯豪尔轿车前闪过了一个黑影，正好挡住了投射在我和道格尔身上的光线，这引起了我的注意。一个熟悉的身影像个纸人一样出现在强烈的灯光中：原来是爸爸！

爸爸拖着脚步，略带几分扭捏地慢慢朝我走来。他发现道格尔站在我身边，像是突然想起了什么重要的事情一样，停住了脚步，转过身和休伊特警长耳语了一番。

库尔小姐朝我笑着点了点头，却没有走上前来，好像我完全变成了另一个人，与两天前在她店里买了一便士六先令糖果的弗拉维亚截然不同似的。

"菲莉，"我转身面对着菲莉，"帮我个忙好吗？麻烦你再去维修坑把我的手帕拿出来——一定记着，别把里面包的东西弄掉了。反正你的衣服已经脏了，再下去一次也没什么关系。拿出个好女孩儿的样子来。"

菲莉目瞪口呆，下巴都要掉下来了，我还以为她会给我个通天炮呢。她的脸涨得通红，什么也没说，突然转过身，消失在了工具房的阴影之中。

我转过身，对道格尔大加赞赏，说他是莱西教区的英雄人物，但他根本不吃我这套。

"亲爱的弗拉维亚小姐，"他轻声说道，"这真是个有趣的夜晚，你说是不是？"

27

此刻,休伊特警长正站在实验室的中央。他慢慢地转了一圈,视线像灯塔里发出的光一样扫过实验室里的科学仪器和化学药品储存柜。转完一圈后,他停了下来,又朝相反的方向转了一圈。

“真是令人叹为观止啊!”他字斟句酌地说,“简直是不同凡响!”

一缕温馨的阳光从玻璃窗里透了进来,照亮了烧杯中正要沸腾的红色液体。我把其中一半倒在了瓷杯里,递给了休伊特警长。他用怀疑的目光打量着。

“是茶,”我忙解释道,“是从福楠梅森食品店[①]买来的

---

① 福楠梅森食品店:Fortnum and Mason,始建于1707年,已经有三百多年历史了,它的创办者之一查尔斯·福楠(Charles Fortnum)曾经是乔治三世国王的侍从。作为一家食品店,其建筑充满英伦高贵气息,类似城堡的感觉。在这里可以购买著名的茶叶和果酱。

阿萨姆奶茶。茶水烧得太热了,希望您别介意。”

“我们在警察局里喝的水都挺热的,”警长说道,“我都习惯了。”

警长一边喝着茶,一边在实验室里踱着步,饶有兴致地检查着实验室里的各种化学仪器。他从架子上拿下几个小罐子,举到灯光前仔细看了看,又放在了莱兹显微镜下。看得出来,他还不怎么会使用显微镜。

“这件骨瓷真美。”他又举起手里的瓷杯,看着杯子底部的制造商名称。

“是早期的斯波德陶瓷,”我说,“阿尔伯特·爱因斯坦和萧伯纳拜访我叔祖父塔奎恩时,用的就是这个杯子——当然啦,他们两位可不是一起来的。”

“它们是怎么做出来的呢?真是耐人寻味啊!”休伊特警长说着瞧了我一眼。

“真是耐人寻味。”我也瞧了他一眼。

警长又喝了一口茶。他似乎有些不安,看样子好像有话憋在心里,不知该从何说起。

“这件案子很难破,”他最后说道,“很离奇,真的。我们对你在菜园里发现的那具尸体一无所知——至少看上去如此。唯一知道的就是他是从挪威过来的。”

“带着沙锥。”我说。

“这话是什么意思?”

“在我家厨房门口发现的那只死沙锥也是他带来的。

在英国，只有秋天才能发现沙锥的踪影。所以那只沙锥只能是从挪威带来的——放在了馅饼里。这个你们早就知道了，是吧？”

警长一脸困惑，好像没听明白我的话。

“我不知道，”他说，“不过博恩佩尼穿的那双新鞋上倒是贴着斯塔万格制造商的商标。”

“原来如此。”我说道。

“通过那双鞋展开调查就容易多了。”休伊特警长一边说，一边用手在空中画了一幅地图，“通过国外的一系列调查，我们发现博恩佩尼搭乘了从斯塔万格到泰恩河畔纽卡斯尔的渡轮，然后乘火车经约克抵达多廷斯利。随后他叫了辆出租车，来到了莱西教区。”

啊哈！和我的推测一模一样。

“一点都没错！”我说道，“而那个彭伯顿——或者该叫他鲍勃·斯坦利吧——一路跟随着博恩佩尼，只是在多廷斯利逗留了一下，住在了快乐车夫旅店。”

休伊特警长的一根眉毛像眼镜蛇一样挑了起来。“有这回事儿？”他有一搭没一搭地问道，“你是怎么知道的？”

“我和‘快乐车夫’的老板克利弗先生通过电话。”

“你还知道些什么？”

“国王陛下的邮票是他们合伙偷的，三十年前特文宁先生也是他俩杀害的。”

“斯坦利可不承认，”警长说道，“他一再强调自己是无

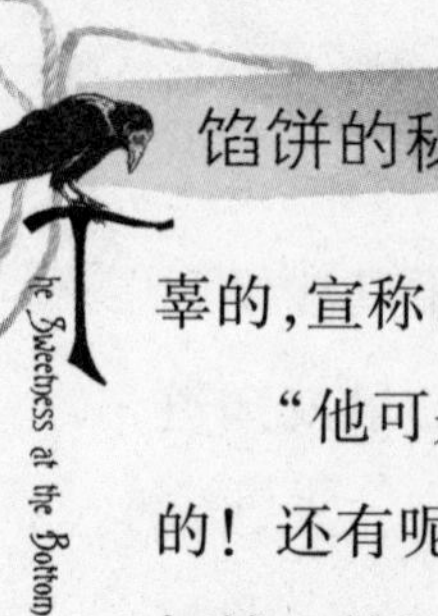

辜的，宣称自己和邮票失窃事件毫无关系。”

“他可是在工具房里亲口告诉我自己杀害了博恩佩尼的！还有呢，他几乎承认了我的推测：特文宁先生自杀是他俩精心策划的一个魔术。”

“好吧，这个等以后再说吧。我们会认真调查的，不过还需要些时间。不过我得承认，你爸爸对我们的帮助很大，他已经向我们交代了特文宁先生的死因。要是他能早点合作，我们就会救了……”

警长说道：“对不起，我又在做不必要的推测了。”

“您是说我被绑架的事吧？”我问道。

警长迅速转变了话题，对此我真是佩服得五体投地。

“我们还是回到刚才说的事上吧。”他说道，“我这么说对不对：你觉得博恩佩尼和斯坦利合伙盗窃了国王陛下的‘爱尔兰复仇者’。”

“他们一直都是同伙，”我说，“博恩佩尼窃取邮票，斯坦利把邮票卖给国外那些不道德的收藏者。不过对于那两枚‘爱尔兰复仇者’，他们就不知道该如何处置了。毕竟那两枚邮票太出名了，还有一枚是从国王那儿偷来的。任何收藏者都不敢把这两枚邮票堂而皇之地放在自己的藏品里，这样做太冒险了。”

“有意思，”警长说，“还有呢？”

“所以他们计划敲诈我爸爸，不过在这个过程中，他们一定发生了争执。博恩佩尼从多廷斯利来到巴克肖，斯坦

利则想尾随其后，设法在巴克肖杀了博恩佩尼，拿走邮票后离开英国。事情就是这么简单，可以把所有罪名都栽赃在我爸爸头上。就是这么回事。”我用责备的目光看了警长一眼。

接下来是一阵尴尬的沉默。

“你看，弗拉维亚，”警长开始辩解起来，“我也没什么选择，除了你爸爸，再也没有明显的嫌疑犯了。”

“还有我呢，我就在犯罪现场啊。”我随手朝架子上的瓶瓶罐罐一挥，“别忘了，我很了解毒物啊。你们应该把我当作一个危险人物。”

“嗯，”警长说，“这个想法很有意思。博恩佩尼死时，你的确在现场。要不然你倒真可能被送上绞刑架呢。”

这个我倒是从来也没想过。想到一只愣头鹅悠闲地走过我墓碑的样子，我不由得打了个激灵。

警长继续说道：“不过考虑到你体形太小，没有充分的杀人动机，又不曾试图逃跑，我们根本没有理由怀疑你。对于警方来说，你这个年纪杀人的概率简直是微乎其微，至于你……嗯，我能想到的词就是‘无所不在’。你还有什么话要说吗？”

“斯坦利在菜园里袭击了博恩佩尼，博恩佩尼是个糖尿病患者，因此……”

“啊，”警长像是在自言自语，“是胰岛素！我们没有检验他体内的胰岛素含量。”

“不是这样的，”我说道，“不是胰岛素，是四氯化碳。斯坦利把四氯化碳注射到了博恩佩尼的脑干里。那些四氯化碳是他在多廷斯利的约翰药店买来的。他在工具房往针管里抽取四氯化碳时，我恰巧看见了药瓶上的商标。你们可能早在那些垃圾中找到了那个药瓶。”

从警长的表情能看得出来，警方并没有找到那个药瓶。

“这么说，那个药瓶一定是沿着管道滚下去了。”我忙解围道，“坑里有条废弃的下水道通往河里，你们可以派个人去把药瓶捞出来！”

这下格雷夫斯警官可有得受了！

“斯坦利在旅店客房里偷走了博恩佩尼工具箱里的针管。”我想都没想就脱口而出。该死的！我不该把这件事说出来的。

警长马上咬住这个话题不放。“你怎么会知道博恩佩尼的房间里有什么东西？”他一针见血地问道。

“哦……我正要说这个呢，”我忙岔过话题，“再等几分钟吧。”

“斯坦利确信你们肯定不能在博恩佩尼的大脑中发现四氯化碳的踪迹，事实上你们的确没有发现。你们也许认为毒物是来自爸爸书房里的那些药瓶吧，那里有很多这样的药瓶。”

休伊特警长拿出笔记本，在上面草草地记了几笔。我估计写的应该是“四氯化碳”吧。

“我之所以知道博恩佩尼死于四氯化碳，是因为他死前恰巧把最后一口气吐在了我的脸上。”我皱起鼻子，模仿了一下当时的动作。

警长的面孔变得刷白，不知道我该不该这么说。

“你确定事情是这样的吗？”

“我对氯代烃类化合物非常了解，事情应该就是这样的。”

“那是不是意味着你发现博恩佩尼的时候他还活着？”

“就一小会儿工夫，”我说，“他……嗯……很快就死掉了。”

接下来又是一阵漫长的沉默。

“这样吧，”我说，“我来给您示范一下吧。”

我拿出一只黄色铅笔，用铅笔刀削尖笔尖，走到墙角放着铰接式人体骨骼标本的地方。

“这是博物学家弗兰克·巴克兰送给我叔祖父塔尔的，”我深情地摸了摸模型，“我称之为约里克。”

我没有告诉警长，几十年前，巴克兰晚年正是觉得塔尔叔祖父大有前途，才把人体骨骼标本送给他的。“送给科学界的未来。”当时巴克兰在卡片上是这样写的。

我将削尖的铅笔对准人骨脊椎顶端，一边慢慢刺入头颅，一边重复着彭伯顿在工具房里对我所说的那番话：

“‘把针头偏向一面，穿过头夹肌和头半棘肌，对准寰枢关节扎……’”

“谢谢你,弗拉维亚,”警长突然打断了我的话,“够了,你确定他是这样说的吗?”

“是他的原话,”我说,“我得好好查查《格雷解剖学》,反正《儿童百科全书》只提到过一些专业词汇,说的可没有这么详细。”

休伊特警长揉了揉下巴。

“我确定,达比医生应该能在博恩佩尼的脖子后面找到针印。”我建议道,“他还应该检查一下鼻窦。四氯化碳在空气中很稳定,既然死者不能呼吸,那它很可能会残留在鼻窦里。”

“还有,”我又继续说道,“您可以提醒达比医生,博恩佩尼前往巴克肖之前在公鸭十三旅店喝了点酒。”

警长还是一脸困惑,仿佛不知道我在说什么。

“四氯化碳在酒精的作用下效果会更强。”我解释道。

“那么,”他随意笑了笑,问道,“你为什么会认为四氯化碳仍然残留在博恩佩尼的鼻窦里呢?我没学过什么化学,不过我觉得,四氯化碳应该挥发得很快。”

我的确知道原因,但我不想把原因告诉给别人,尤其是警察。博恩佩尼被杀的时候正患有严重的感冒,他对着我的脸吐出“Vale”这个词时,也把感冒传染给了我。真有你的,贺瑞斯!

我怀疑博恩佩尼堵塞的鼻腔能够存储四氯化碳,因为四氯化碳不溶于水,自然也不溶于鼻涕;同时堵塞的鼻腔还

会把空气挡在外面,不利于四氯化碳的挥发。

“您说得未必全对,”我说,“不过您可以建议伦敦的实验室按照《英国药典》上的方法来验证一下。”

“我就随便说说。”休伊特警长说。

“实验过程非常有趣,”我说,“只需要当碘从碘化镉里释放出来的时候,测算下游离碘的含量就可以了。他们对这种实验一定非常熟悉。我也会做这种实验,不过我想苏格兰的警察是不会愿意把博恩佩尼的脑部组织交给一个十一岁的小孩儿的。”

休伊特警长盯着我看了很长一段时间。

“好吧,”最后他终于蹦出了一句话,“那我们就来看看你的所作所为吧。”

“您说什么?”我马上换成一脸无辜的模样。

“我们就来看看你都干了些什么吧。”

“我什么也没干啊,”我辩解道,“我……”

“别把我当傻子,弗拉维亚。谁不了解你啊,这种事你要是不掺上一脚怎么可能呢?”

我不好意思地笑了笑。“东西在这儿。”说着我朝角落里的一张桌子处走去。桌子上放着一个玻璃缸,上面盖着块湿抹布。

我掀开了抹布,玻璃缸露了出来。

“天啊!”警长惊呼道,“你到底干了些什么啊?”

他目瞪口呆地盯着静静地漂浮在玻璃缸里的灰红色

物体。

“这是块完好的动物脑部组织，”我说，“是我从厨房里偷来的。昨天马利特夫人从康福斯买来的，准备今天做晚饭用。马利特夫人找不到它，一定会火冒三丈的。”

“你把……”警长拍手问道。

“没错，我往里面注射了二点五立方厘米的四氯化碳。博恩佩尼的针筒里就能装这么多了。

“人脑的重量一般在三磅[①]左右，”我继续说道，“男人的大脑可能会稍微重一点。不过我从动物脑组织上多切了五盎司[②]，好允许一定的误差。”

“你是怎么发现这个的呢？”警长问。

“阿瑟·米尔的一部著作中提到过，应该还是那部《儿童百科全书》吧。”

“这么说，你已经拿这个……这个脑组织进行过四氯化碳测试了？”

“没错，”我说，“不过从注射到现在还不到十五小时。我估摸着从四氯化碳注射进博恩佩尼的大脑到尸检大约就是这么长时间，所以想看看这段时间里会有什么变化。”

“然后呢？”

“这个很容易查出来，”我说，“不过是小孩子的把戏而已。当然，我在实验中用了p－氨基二甲基苯胺。这是种全

---

① 1磅=0.453 6千克。

② 1盎司=28.349 5克。

新却简单易行的测试方法，五年前的《分析家》杂志里提到过。拿把椅子坐好，我演示给您看。”

“这个没什么用。”休伊特警长忍不住笑了。

“没什么用？”我说，“当然有用了，我都试过了。”

“我的意思是说，你别想用实验室的那套东西把我弄晕，好绕过那枚邮票。毕竟，邮票才是这个案子的关键所在，对吧？”

他把我逼进了死角。我原本打算只字不提“爱尔兰复仇者”，把它悄悄交给爸爸的。看来休伊特警长更胜一筹啊！

“别装了，我知道邮票就在你手里。”他说道，“我们去‘鲁克之家’拜访过凯尔西博士了。”

我尽量装作一副不服气的样子。

“鲍勃·斯坦利，就是你说的那个彭伯顿先生，告诉我们你从他手里偷走了邮票。”

从他手里偷走了邮票？看这话说的！简直是厚颜无耻！

“那是国王陛下的邮票！”我抗议道，“是博恩佩尼从伦敦的国际邮展上偷来的！”

“没错，不管邮票是谁的，只要是被偷的，我就有责任让它物归原主。我只是想知道它是怎么落到你手里的。”

这个讨厌的家伙！这回看来我是躲不过去了。我只能承认自己潜入公鸭十三旅店的事了。

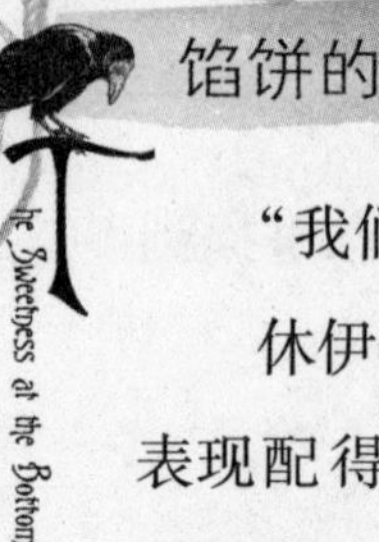

"我们做个交易吧。"我说。

休伊特警长放声大笑起来。"德卢斯小姐,有时候你的表现配得上一块奖牌,有时候你又只配待在牢房里啃面包。"

"那您现在想给我奖牌还是让我啃面包呢?"

呼呼!弗拉芙,你可别玩过火了!我在心里暗自提醒自己。

他朝我摆了摆手指。"你说吧。"他说。

"那好吧,其实我一直在想,"我对他说道,"爸爸最近一直很不开心。您一到巴克肖,就不分青红皂白地用谋杀的罪名逮捕了我爸爸,我们还不知道是怎么回事呢。"

"打住……就此打住,"警长说,"这事儿我们都说过了,是你爸爸先承认自己杀了人,我们才控告他谋杀的。"

爸爸承认自己杀了人?这个我可是第一次听说。

"他刚向我们承认不久,弗拉维亚也跑到警察局凑热闹了。主动自首的人可比周日去路德圣母堂做晚弥撒的人还多呢。"

"我只是想保护我爸爸,"我说,"那时我还以为是他干的呢。"

"那么他又是在保护谁呢?"休伊特警长意味深长地打量着我。

答案显然是道格尔。我把道格尔也听到了爸爸和博恩佩尼在书房里的对话一事告诉爸爸时,爸爸曾说"我担心的

就是这个”,估计就是这个意思。

爸爸认为道格尔杀了博恩佩尼,这就说得通了。但道格尔有什么理由杀死博恩佩尼呢?是出于对爸爸的忠诚还是另有什么特殊的原因?

不——最好还是别把道格尔扯进来。至少我还能做到这一点。

“也许是为了保护我吧,”我撒了个小谎,“爸爸以为是我杀了博恩佩尼呢。毕竟当时我在犯罪现场。他只是想保护我。”

“你真是这样想的吗?”警长问。

“爸爸为了保护我才承认的!”我说。

“应该是这样,”警长说,“我估计得没错。不提这个了,我们再来说说那枚邮票吧,我可是没忘呢。”

“我刚才说了,我只是想为爸爸做点事,好让他高兴点,哪怕几个小时也好。所以我想把‘爱尔兰复仇者’交给爸爸,让他欣赏一两天。您就行行好,答应我吧,我发誓我会把知道的事情全都告诉您。”

警长走到书架前,随手取下一本合订本《化学发展史》(1907),吹了吹书脊上的灰尘。他随意翻着书页,好像在琢磨着接下来该对我说些什么。

“我和你说啊,”警长最后说道,“我妻子安蒂戈妮最讨厌购物了。她曾跟我说过,她宁愿去补牙也不愿花上半个小时去买羊腿。但是不管喜不喜欢,她都得出去买东西。

她说这是她的宿命。为了麻痹自己,她有时候会买一种黄皮小册子,叫《星座解析》。

“我得承认,对于她在早饭时读给我的那些玩意儿,我总是嗤之以鼻。不过今天早上我的星象是这么说的:‘你的耐性会达到极限。’弗拉维亚,你说我以前对那些东西的看法是不是错了呢?”

“求您了!”我故意让语气显得很哀怨。

“就二十四小时,”警长说道,“多一分钟也不行。”

于是我把这些天遭遇的所有事情一股脑儿地告诉了他。我谈到了在厨房门口发现死沙锥,谈到了自己怀疑马利特夫人做的蛋奶馅饼有问题,也谈到了搜查旅店博恩佩尼的房间,发现“爱尔兰复仇者”,和拜访蒙特乔伊小姐和凯尔西博士的事。当然,对于和彭伯顿在佛利及教堂墓地的两次邂逅以及被绑架到工具房的过程,我也毫不保留。

唯一隐瞒的就是我把从毒葛中提炼的毒素混在菲莉口红里的事。这种无关痛痒的小事还用得着劳警长费心吗?

警长一边听我说,一边像往常一样在黑色小笔记本上记着什么。我发现本子上全是箭头和神秘的符号,估计一定是从中世纪的炼金术士那里找到了灵感吧。

“您把我也记上了吗?”我指着笔记本,问道。

“那当然了。”他说。

“能让我看看吗? 看一眼就行。”

休伊特警长立刻合上了笔记本,说道:“不行,这可是警

方的机密文件。”

“您是一字不落地写上我的名字，还是用符号来表示我的？”

“你有自己的特殊符号，”说着他把笔记本塞进了口袋，“就到这儿吧，我该走了。”

他伸手紧紧地握了一下我的手：“再见，弗拉维亚，这只是……我的习惯而已。”

他走到门边，打开了门。

“警长……”

他停下脚步，转过身来。

“代表我的符号到底是什么啊？”

“是字母‘P’，”他说，“大写字母‘P’。”

“字母‘P’？”真是出乎我的意料，“‘P’代表什么含义呢？”

“啊，”他说，“你还是自己去猜吧。”

达菲正懒洋洋地伸展四肢趴在客厅的地毯上，聚精会神地读着《曾达的囚徒》。

“你知道自己读书时嘴唇一直在动吗？”我打趣道。

她没有搭理我，我决定冒一下险。

“提起嘴唇来，”我说，“菲莉在哪儿？”

“去看医生了，”达菲说，“她过敏了，可能跟接触的东西有关。”

啊哈！我的实验终于获得了圆满成功！谁也不会知道是我干的！等我有空，一定得记在自己的笔记本上：

1950年6月6日，星期二，下午一点二十分。

实验成功了！与预计结果完全相符。坏人总会遭到报应的。

我悄悄哼了下鼻子，显然是被达菲听见了。她翻过身，盘起腿，轻声说道："别以为你能蒙混过关。"

"你说什么？"在这种时候，我总会装作一副无辜的样子。这是我的拿手好戏。

"你在她的口红里掺了什么鬼东西？"

"我根本就不知道你在说什么。"我说。

"拿镜子好好照照你自己吧，"达菲说，"小心别把镜子摔碎了啊。"

我转身慢慢朝壁炉架走去。从摄政时期，那里就挂着一面大镜子了。

我凑过去，仔细地打量着镜子中的影像。起初我并没有看到什么异样，还是深蓝色的眼睛，苍白的皮肤，和以往一样动人。不过我很快发现了问题。

我的脖子上有块小斑点，红色的斑点！就在菲莉吻我的地方！

我苦闷地尖叫了一声。

“菲莉说她走进维修坑后，会让你血债血还的。”

还没等达菲转过身，沉浸在那些故事里，我就想到了一个好办法。

大约九岁时，我曾经写过一篇日记，倾诉了自己作为德卢斯家族一员，或者说家族另类的感受。我把自己的感受仔细思考了一番，最后得出结论：弗拉维亚·德卢斯只是家里的累赘罢了，和在本生灯上灼烧过的试管里剩下的黑色晶体残渣没什么两样。当时，我想这是最恰当的比喻了。之后两年，我从来没有改变过这种想法。

我前面说过，德卢斯家族的血统里少了点什么，没有或者说缺少那种能让全家人互相关心的化学键。德卢斯家族的人是不可能对另一个人表达自己的爱意的。

之后发生的一件事再次印证了我的观点。菲莉偷走了我的日记本，用厨房里拿来的开罐器打开了日记本上的铜锁，穿着从邻居家地里偷来的稻草人外套站在楼梯顶端大声读着我日记里的内容。

我一边想着这些不愉快的事，一边走向爸爸的书房。我在门口停了下来，有些拿不定主意。我真的要这么做吗？

我犹犹豫豫地敲了下门。过了好一会儿，书房里才传来爸爸的声音：“进来吧。”

我转动门把手，走了进去。爸爸正坐在窗前的桌子旁，拿着放大镜，他抬头看了我一眼，又专心致志地欣赏起一枚紫红色邮票来。

“我能和您谈谈吗？”我问道。我心里清楚得很，这么说很奇怪，但似乎也找不到更合适的言辞了。

爸爸放下放大镜，摘下眼镜，揉了揉眼睛，看上去很疲惫。

我把手伸进口袋，把包着“爱尔兰复仇者”的蓝色信纸拿了出来，走上前去放在了桌子上，然后又退回了原来的位置。

爸爸打开信纸。

“天啊！”他惊叫道，“这不是那枚‘AA’嘛！”

他戴上眼镜，拿出珠宝匠专用的小型放大镜审视着这枚珍贵的邮票。

现在我的这番努力终于见到回报了。我发现自己竟盯着爸爸的嘴唇，想听到爸爸的回应。

“你是从哪儿弄来的？”爸爸最后说道，声音轻得异常。

“我找到的。”我说。

爸爸严厉地看着我——不依不饶的。

“一定是博恩佩尼把它弄丢了，”我说，“我想把它交给您。”

爸爸好像天文学家在研究一颗超新星一样端详着我的脸。

“你能为我着想真是太好了，弗拉维亚。”过了好一会儿，他才费了好大力气说出这句话。

然后他把“爱尔兰复仇者”还给了我。

“你必须马上把它物归原主。”

“您是说乔治国王吗?”

爸爸点了点头,似乎有些哀伤。“我不知道你到底是怎么得到它的,我也不想知道。你自己惹的事,必须自己解决。”

“休伊特警长想让我把这枚邮票交给他。”

爸爸摇了摇头,说道:“他真是太好了,不过那也只是照章办事而已。弗拉维亚,这张‘AA’自从诞生以来,已经经过了很多人的手,有些是权贵阶级,更多的则是普通百姓。有一件事你得清楚,现在你有权决定怎么做。”

“但是我该怎样给国王写信呢?”

“我想你会找到办法的,”爸爸说,“出去时别忘了关门。”

道格尔正把独轮车里的土铲进黄瓜地,似乎要把过去发生的一切都埋掉似的。

“弗拉维亚小姐。”他摘下帽子,用衬衫袖口擦了擦自己的额头。

“你知不知道该怎样给国王写信?”我问道。

道格尔小心翼翼地把铁锹靠在花房上。

“你只是说着玩,还是真要写?”

“我真要给他写信。”

“嗯,”他说,“我想应该上哪儿查查。”

“等等,我想起来了,”我说,“马利特夫人有本《百科全书》,就放在食品室里。”

“她去村子里买东西去了,”道格尔说,“我们动作快点,拿出来看看。”

一会儿工夫,我们就溜进了食品室。

“在这儿呢,”我一边兴奋地说,一边翻开手里的书,“不过,等等——这本书是六十年前印的,上面写的东西还能管用吗?”

“当然管用了,”道格尔说,“王室的那套东西可不像民间的东西一样,变得这么快,也不应该变得这么快啊。”

客厅里一个人也没有,达菲和菲莉不知道跑到哪儿去了,说不定正在合计着下次怎么对付我呢。

我在抽屉里找到了一张平整的信纸,把钢笔伸进墨水瓶,抄上马利特夫人那本油乎乎的《百科全书》里的称呼语,尽量整洁地写道:

> 仁慈的国王陛下,
>
> 请允许我向您报告:
>
> 随信附寄今年早些时候您被窃的一件无价之宝。至于它是怎样落在我手里的(在我看来,这是一次美丽的邂逅)并不重要,不过我可以向您保证,案犯已被警方抓住了。

“‘逮捕’了。”道格尔从我身后看着，说道。

我马上改了过来。

“还有什么吗？”

“没了，”道格尔说，“署名就可以了。国王喜欢言简意赅。”

我又从书上抄下了结语，并尽量保持着信纸的整洁。

> 向您致以最崇高的敬意，您最忠诚的奴仆。
>
> 弗拉维亚·德卢斯（小姐）

“太完美了！”道格尔说。

我叠好信纸，又用拇指在折痕上按了一下，塞进了爸爸最好的信封里，在信封上写上地址：

> 乔治六世殿下
>
> 白金汉宫，伦敦
>
> 大英帝国

“能写上‘亲启’吗？”

“好主意。”道格尔说道。

又过了一周，我正坐在人工湖边上，光着的脚放在水中，修改着毒芹的主要生物碱——毒芹碱笔记时，道格尔突然出现了。他手里拿着什么东西,不停地挥舞着。

“弗拉维亚小姐!”他大喊着,没顾上脱鞋就蹚着水朝我这边走来。

他的两只裤腿都湿透了,像海神波塞冬一样滴着水,但他的笑容却像夏日午后的阳光一样灿烂。

他递给我一只天鹅绒一般又白又软的信封。

“我可以打开吗?”我问。

“我想这封信应该是写给你的。”

我打开信封,抽出一张奶油色信纸,道格尔不由得皱起了眉头。信上写道:

> 亲爱的德卢斯小姐:
>
> 非常感谢收到你的来信以及信中附带的精美礼品。你应该很清楚,这件东西无论是在王室的历史上,还是在英国的历史上都具有举足轻重的地位。
>
> 请接受我诚挚的谢意。

信尾简简单单地写着国王的名字:“乔治”。

黑版贸审字 08 - 2013 - 058

图书在版编目(CIP)数据

馅饼的秘密/(加)布拉德利著;侯雁慧译. —哈尔滨:哈尔滨出版社,2015.1
(弗拉维亚·德卢斯系列)
书名原文:The sweetness at the bottom of the pie
ISBN 978-7-5484-1676-0

Ⅰ.①馅… Ⅱ.①布… ②侯… Ⅲ.①推理小说-加拿大-现代 Ⅳ.①I711.45

中国版本图书馆 CIP 数据核字(2014)第 139959 号

书　　名:馅饼的秘密

作　　者:[加]艾伦·布拉德利　著
译　　者:侯雁慧　译
责任编辑:张凤涛　路　嵩
责任审校:李　战
装帧设计:恒润设计

出版发行:哈尔滨出版社(Harbin Publishing House)
社　　址:哈尔滨市松北区世坤路 738 号 9 号楼　　邮编:150028
经　　销:全国新华书店
印　　刷:哈尔滨市石桥印务有限公司
网　　址:www.hrbcbs.com　　www.mifengniao.com
E-mail:hrbcbs@yeah.net
编辑版权热线:(0451)87900271　87900272
邮购热线:4006900345　(0451)87900345 或登录蜜蜂鸟网站购买
销售热线:(0451)87900201　87900202　87900203

开　　本:880mm×1230mm　1/32　印张:13.5　字数:247 千字
版　　次:2015 年 1 月第 1 版
印　　次:2015 年 1 月第 1 次印刷
书　　号:ISBN 978-7-5484-1676-0
定　　价:30.00 元(全 2 册)

凡购本社图书发现印装错误,请与本社印制部联系调换。
服务热线:(0451)87900278
本社法律顾问:黑龙江佳鹏律师事务所

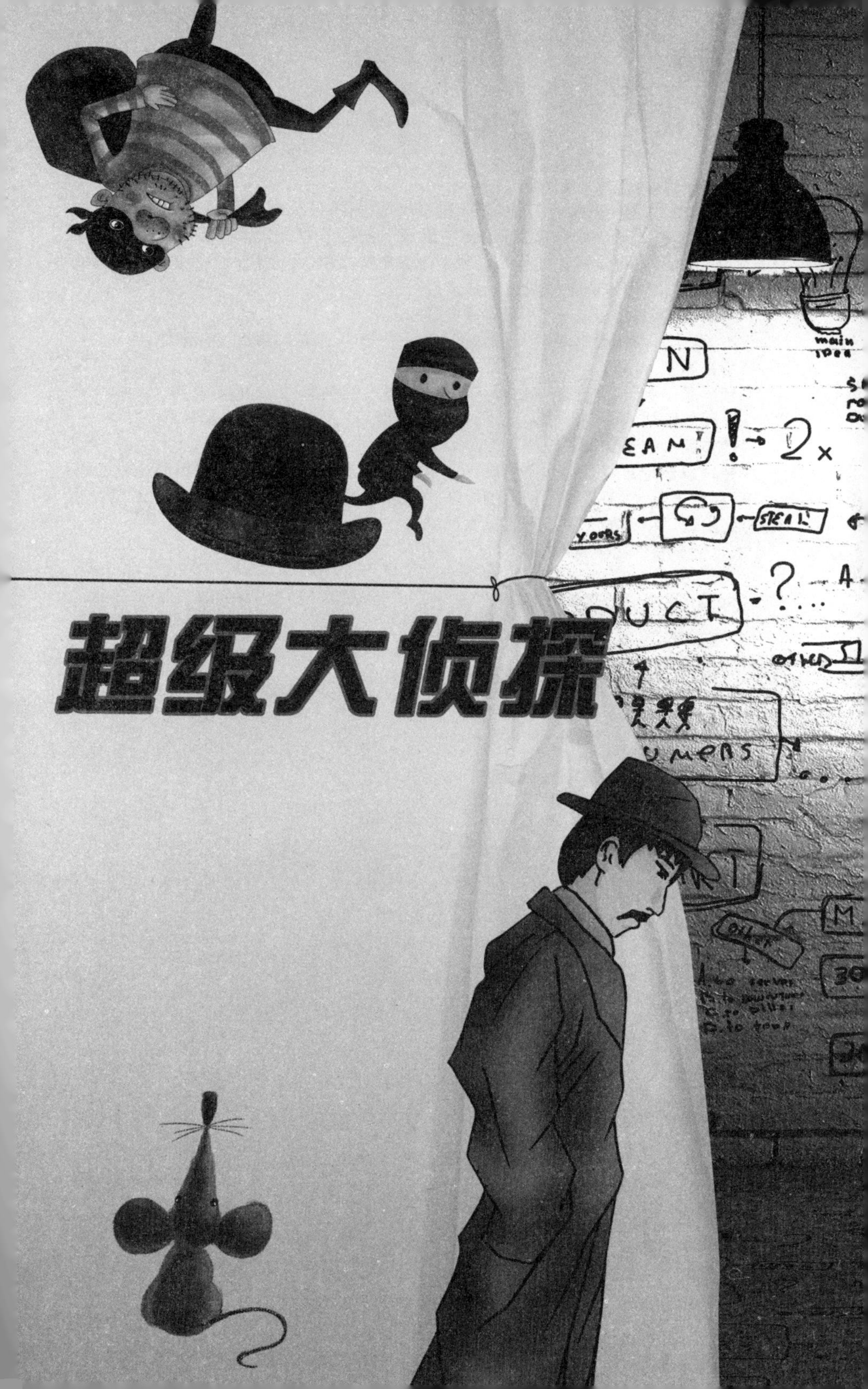
超级大侦探

跟踪失败了

大侦探亨利身边来了一位新助手，名叫木木。

一大早，木木第一次执行任务回来，就丧气地报告：目标溜掉了。

“昨天晚上，一跟上那个家伙，他便钻进了一条细长的胡同。那条胡同只在中间有一个路灯，很黑，也没有其他行人。我担心被甩掉，就在离他有十几米远的地方跟着他。他戴着耳机，边走边听。我想就是走近一些也不会被他发觉的。”

“那家伙是不是只有一边耳朵里塞着耳机呢？”

“不，两个耳朵里都塞着，所以他走过一个院子时，连狗叫声也没惊动他。”

“后来呢？”

“我跟了一会儿，走过路灯后，尽管他一次也没回头看过，却急忙逃掉了。我一看要糟糕，便急忙从后面追上去，可他已经冲上大街，叫了一辆出租车逃掉了。”

“他走路的姿势如何？”

“是很自然地走着。他也不会听到我走路的声音，怎么会发现我跟踪他呢？”

亨利想了想，马上找到了问题的所在。于是告诫木木说：“好！清楚了，这是你初次跟踪，出现了小小的失误才被目标发现的。”

木木究竟有什么失误呢？

木木没注意自己的影子。在路灯下走过时，影子会映在前方，距离越近身影子就越长。对手发现了身后走过来的木木的身影，才知道有人跟踪。

被害者的指纹

九月中旬的一天中午，有人发现记者吉田死在了他的寓所里。死者倒在卧室的沙发上，头部被击，当场死亡。现场没有发现凶器，一定是凶手拿走了。屋内开着电灯，写字台的抽屉被翻过。因为受害人是一人独居，所以不清楚有什么东西被盗。桌子上放着一个空玻璃杯子，杯子虽是空的，但似乎有人喝过威士忌，从杯子内检验出有酒精成分。另外，杯子外侧有受害人的清晰的指纹和唾液。

警方在侦查中了解到，被害人是个敲竹杠的，他一旦窥见艺术界人士的丑闻，就以在周刊上发表相威胁而索要现金。据此，发现了两个犯罪嫌疑人：一个是电视播音员本田，另一个是摇滚歌手松本。吉田被害的当晚，两人先后到吉田的寓所去过，是去送现金，以索回吉田掌握的丑闻照片。两人没有见面。据松本说，吉田用加冰威士忌酒招待他。本田说，因他正在戒酒，吉田自己从厨房拿出一瓶威士忌和一个杯子，在纯酒里加了威士忌，一个人喝了起来。

从现场只有一个杯子，杯子上只有被害者的指纹和唾液来看，被害者是死在接待松本之后。但两个人是谁先进入吉田寓所的呢？两人却说都在九时左右。警长荻村望着在现场发现的空酒杯，想着两个涉嫌者的证词：“加冰威士忌酒”和“在纯酒里加了威士忌”，他突然明白了，这么热的天气里，喝加冰威士忌，那杯子会怎样呢？

警长荻村终于果断地指出了松本就是凶手！

你知道他是怎么推理的吗？

荻村想到，如果暖和的夜晚在杯子里放冰块喝加冰威士忌，那么由于同户外空气的温差，杯子表面会挂有水珠而湿漉漉的，所以拿杯子的手指尖也是湿的，指纹也就不清楚了。而留在现场的杯子上所以留有受害人清晰的指纹，是由于杯子里盛过同户外空气温度大致相同的纯威士忌酒的缘故。所以，可以断定松本在撒谎，他就是杀人凶手！

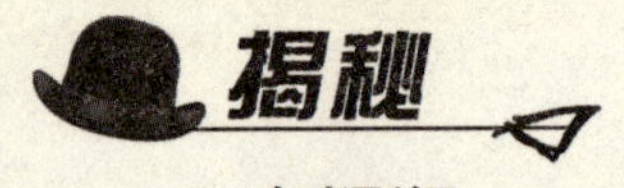

三个疑犯

一辆绿色小轿车里躺着女乐手哈莉，车子就停在她的住宅门口。她在晚上 8 点遇害，离 8 点 30 分在市音乐厅上演的交响音乐会仅差半小时。她身中两弹：第一颗子弹从右大腿穿过，在黑色的紧身裙上留下了一大块血迹；第二颗子弹是致命伤，贯穿胸部，雪白的衬衣上血迹斑斑。车内还有她的一把大提琴。

警方分别取得了三个人的证词。发现尸体的房东太太说，哈莉打算出席音乐会，但不参加演奏，因为她和查利——乐队里一个狂热追求她的人闹翻了。为此她一个星期没有排练，那把琴一直搁在车上没动过。查利坚持说他与哈莉已和好如初，哈莉答应参加演出，并且约定像以前那样在 8 点 10 分驾车来接他一起去音乐厅，但他空等了一场。乐队指挥拉兹罗说，乐队的女乐手演出时穿的是拖地的黑裙子和白衬衣，男乐手穿的是白西装和黑西裤。他又补充说明哈莉可以在不排练的情况下出色地演奏，因为音乐会的曲目已反复上演过多次。

看完三份证词后，比尔侦探立即判断出查利在撒谎。

比尔凭什么认定查利在撒谎呢？

比尔断定哈莉并不像查利说的那样打算参加演出。因为一个大提琴手不可能穿紧身的裙子演奏，而且乐队指挥拉兹罗说，乐队的女乐手演出时穿的是拖地的黑裙子和白衬衣。

不会说谎的物证

桑德斯的妻子被人杀死了。桑德斯对检察官说：“昨夜我很晚回家，刚巧撞上一个人从我妻子房里跑出来，跌跌撞撞跑下楼梯，借着门口那盏昏暗的长明灯，我认出他就是布莱克。”被告布莱克愤怒地嚷道：“他在撒谎！”桑德斯继续说道：“布莱克大约跑出一百码远，扔掉了一件什么东西，那东西在岩石坡上碰撞几下后滚进深沟，在黑暗中撞出一串火花。”

“这是胡编！诬告！”布莱克气得满脸通红。

检察官举起一座森林女神的青铜像说：“对不起，布莱克先生，我们在深沟里找到了这件东西，要是再晚一个小时，那场大雨也许就把这线索冲掉了。铜像底部沾的血迹和头发是桑德斯太太的。我们在铜像上取到一个清晰的指纹——这是您的指纹。”

布莱克反驳道：“我当时根本没去他家。昨晚 7 点，桑德斯打电话给我，说他 8 点钟想到我家里谈点儿事，我一直等到半夜，也不见他来，就睡觉了。至于指纹，那可能是我前几天在他家拿铜像玩时留下的。”检察官找到大侦探哈莱金，把对此案所了解到的情况说了一遍，最后说：“桑德斯和布莱克是同事，近来关系一直不好。”

“很明显，桑德斯在诬陷布莱克。”哈莱金指着那座森林女神青铜像说。

你知道桑德斯在哪里暴露出是在诬陷布莱克吗？

关键是在青铜像身上——桑德斯声称，布莱克逃跑时扔掉的那件东西在岩石坡上撞击几下之后滚下深沟，还在黑暗中撞出一串火花，并说这是凶器。这是一段谎言，因为青铜是一种抗摩擦的金属材料，古时候它被广泛用于制造大炮，青铜在岩石上不会撞击出火花。

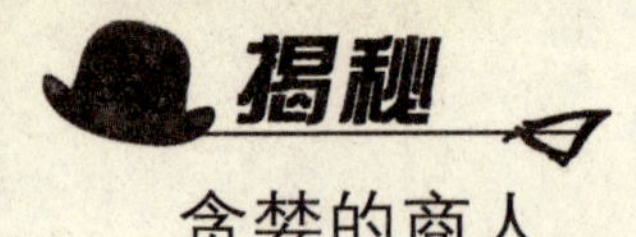

贪婪的商人

从前，西班牙有个穷苦的樵夫到山上去打柴，准备用打来的柴去换钱买面包给他的几个孩子充饥。在路上，他捡到了一只口袋，里面有100个金币。

樵夫一边高兴地数着钱，一边盘算，展现在自己面前的将是富裕、幸福的情景。但接着他又想到那钱袋是有主人的，他对自己的想法感到羞愧。于是他把钱袋藏了起来，到山里去劳动了。直到晚上柴也没卖掉，樵夫和他的家人只好挨饿。

第二天早上，按照那时风行的做法，钱袋失主的名字在大街上传了开来，把钱袋交还给他的人将能得到20个金币的赏金。

失主是一个佛罗伦萨的商人，好心的樵夫来到他面前："这是你的钱袋。"但是这个商人为了赖掉许诺的酬金，仔细地查看了钱袋，数了数金币，假装生气地说："我的好人，这钱袋是我的，但钱已缺少了，我的钱袋里有130个金币，但现在只有100个了，毫无疑问，那30个，是你偷去了。我要去控告，要求惩罚你这个小偷。"

"上帝是公正的，"樵夫说，"他知道我说的是实话。"

两人来到当地的一个法官那儿。法官对樵夫说："请你把事情的经过如实地向我简述一下。"

"老爷，我在去山上的路上拾到了这个钱袋，里面只有100个金币。"

"你难道没有想到过有了这些钱，你可以生活得很幸福吗?"

"我家里有妻子和六个孩子，他们等着我把柴带回家换钱买面包。老爷，您原谅我吧！在这种情况下，我是想过要用这些金币的，但后来我就考虑到钱是有主人的，他比我更有权用这笔钱。于是，我把这钱藏了起来，我没有回家，而是径直去山上劳动了。"

"你把拾到钱的事告诉你妻子了吗?"

"我怕她贪心，所以没告诉她。"

"口袋里的东西，你肯定一点儿都没拿吗?"

"老爷，我妻子和我可怜的孩子连晚饭都没吃，因为柴没能卖掉。"

"你有什么说的?"法官问商人。

"老爷，这人说的全是捏造的。我钱袋里原先有130个金币，只有他会拿走那缺少的30个金币。"

至此，法官已经明白了事情的真相，他巧妙地作出了裁决："商人，你享有这么高的地位和信誉，根本就不容我们怀疑会行骗。很明显，这个樵夫拾到的这只装着100个金币的钱袋不是你的那只有130个金币的钱袋。"

"拿着这只钱袋吧，好心的人。"法官对樵夫说，"你把它带回家里去，等它的主人来取吧！"

法官的根据是什么呢?

法官认为，可怜的樵夫讲的是那么真诚，根本无法怀疑他说的事，更何况他既然能拿走一小部分钱，也完全能够留下所有的钱。他没有这样做，显然是一个诚实的人。在了解了事情的真相后，法官巧妙地惩罚了一下这个贪婪的商人，让他哑巴吃黄连，有苦难言。

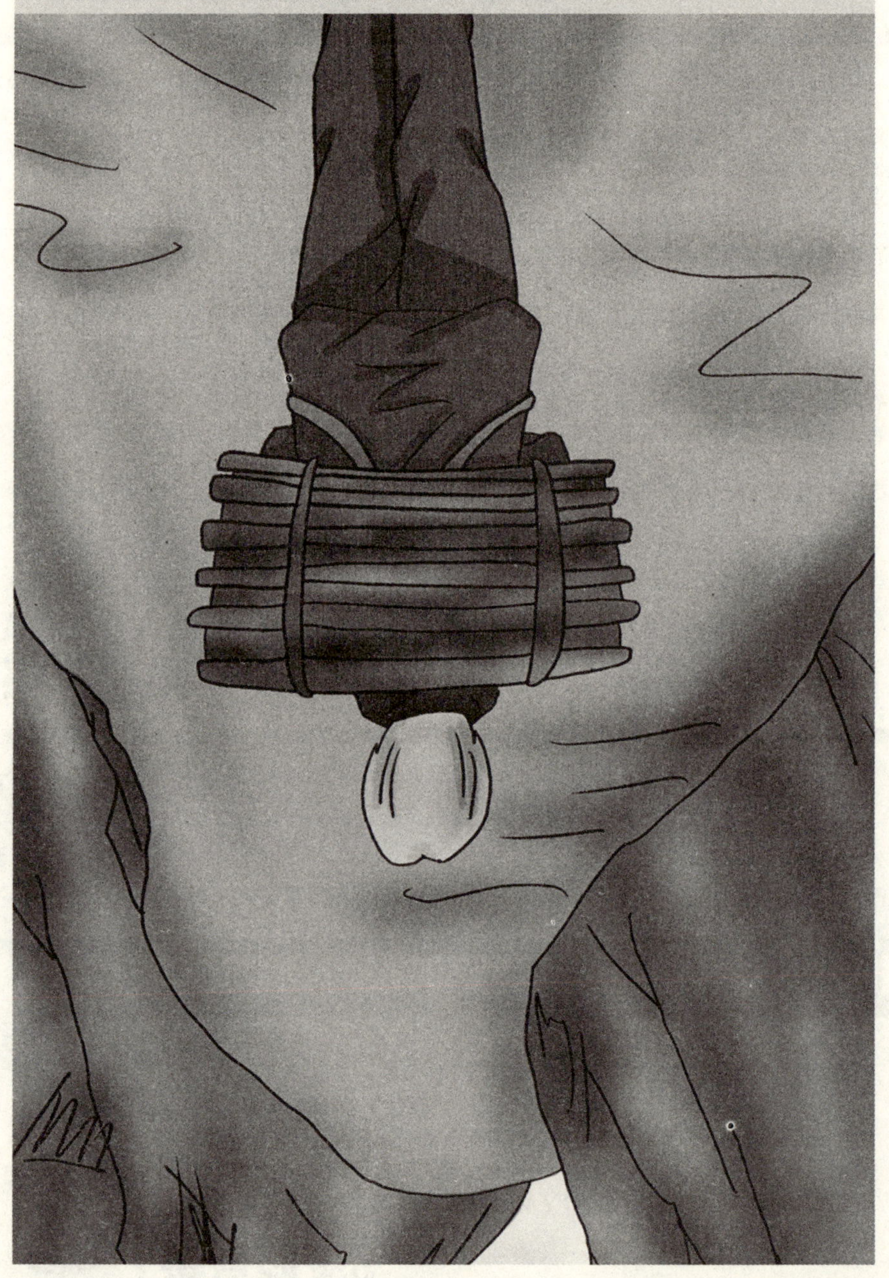

谁是强盗？

在海的另一边，住着一群善良的人，他们团结友爱，过着幸福而平静的生活。可就在前不久，两个可恶的强盗打破了这份平静，他们来到这里大肆抢劫，弄得大家忧心忡忡。还好有机智神勇的弗拉维亚大法官，她将带领大家找出强盗。

小朋友还在等什么？快来动手制作游戏卡片，和伙伴们一起玩"谁是强盗"的游戏吧！

法官：掌控全局，所有的角色都听从他的口头指挥。

强盗：抢劫警察或平民。

警察：找出强盗，带领平民在白天把强盗以投票方式找出来。

平民：帮助警察找出强盗，并在投票中将强盗找出。任何时候平民都不得故意帮助强盗。

游戏流程

游戏开始前请通过猜拳选出弗拉维亚大法官！

①法官将洗好的 10 张牌（其中有 2 张警察牌、2 张强盗牌和 6 张平民牌）交大家抽取。每人确认自己的身份。

②法官说："天黑请闭眼。"

③等大家全部闭眼后，法官说："请强盗出来抢劫。"抽到强盗牌的人睁开眼，相互认识自己的同伴。并由任意一位强盗示意法官，抢劫所有在座闭眼中的任意一位。

④法官在向强盗确认抢劫对象后请强盗闭眼，然后说："请警察出来认人。"抽到警察牌的人睁开眼，相互认识自己的同伴。并可以怀疑闭眼的任意一位为强盗，同时看向法官，法官可以给一次暗示（点头 yes 摇头 no）。完成后法官说：警察请闭眼。

⑤法官在确认警察全部闭眼后，说："天亮了，请大家睁眼。"

⑥待大家睁眼后，法官宣布这一轮谁被抢劫了（被抢者出局）。同时，法官指示被抢劫者发表看法，说说怀疑谁是强盗。

⑦法官主持由被抢者顺位的玩家开始指认强盗，陈述理由。所有玩家每被其他玩家指认一次即得到 1 票。每人发言结束后，由得票数最多的人进行辩护。

⑧辩护结束后，由法官主持其余玩家进行投票，投票数超过半数，则辩护人出局；如果不超过半数，则从刚才被投票的玩家开始进行第二轮指认投票，如票数仍不过半数则进行第三轮指认。第三轮为生死轮，得票数多者直接出局，无须举手表决。此时，本局游戏第一个白天结束。

⑨由法官宣布天黑闭眼，进入第二夜，然后重复以上过程。直至游戏结束。

游戏胜负判定方法

强盗一方全部出局，则警察一方获胜。

警察一方全部出局，则强盗一方获胜。

平民一方全部出局，则强盗一方获胜。

平民的胜负与警察相同。即，警察赢则平民为赢，警察输则平民为输。